夢搽科學

張鏡湖

目次

第1篇

序論

第一章　探夢的意義

第一節　探求夢境奧秘

　　人人對夢境的神奇莫不嘖嘖稱奇，自古不知有多少人被吸引而想探求其奧秘；但早時缺乏科學知識，摸不著門徑而難如願，只能一直在其門外徘徊。由許多古聖先賢傳下來的解夢書看來，可窺見許多古聖先賢都熱中探求夢境的奧秘，而因缺乏科學知識，其解夢都是神話性的，在預兆暗示吉凶禍福命運方面的，沒有科學原理和有系統的詮釋，難得靈驗，就是偶而靈驗也是由於巧合。

　　現代科學昌明，各種學術發達，我們以科學方法探夢必然突破以前夢學的瓶頸，打開這個黑暗世界，解夢不再停滯在預卜吉凶命運的窠臼了。

　　千百年來，人類對夢境的熱中探索而仍無法一窺究竟；可見夢境的神秘奧妙，我們若突破瓶頸，或許裡面是一座知識寶山，我們取之不盡，用之不竭。

第二節　透視人類心靈現象

　　人類對自己的心靈現象認知還是個黑暗世界，難以理解，因它

們是抽象的，吾人的心理研究都由觀其肉體舉動而預測的，吾人有許多不達的地方。

夢境為吾人睡時的心靈活動，因為睡時的感官和心靈已少受外界干擾，故我們的心靈發揮得淋漓盡致，銳敏如神，於是睡時的智能便較清醒生活時的智能高明多了，且具有神通－清醒生活不能發現的心靈現象在夢境中能出現，由日常生活得來的智識和經驗深藏在心底日積月累醞釀滋長，當瓜熟蒂落時當化為一片具體光明的夢境，提示夢者，而霍然突破瓶頸，恍然大悟，問題迎刃而解，我們便藉此追蹤其來龍去脈，而對於探索人類心靈世界的奧秘大有幫助。夢境裡還有許多足能給我們便於探索心靈現象的地方，不勝枚舉。

我們若以夢境為師常加觀察研究何嘗人類秉賦不是更上一層樓，黑暗世界添上萬盞明燈？我們探索心靈世界外還能欣賞夢中無邊無盡的奇美世界。我們見多識廣了，有如行萬里路讀萬卷書，智識必然與日俱增。

第三節　修心養性

人生來或活在世間，實在很多不如意和缺陷的地方－不能羽化飛上天，沒有千里目、萬里耳、無法返老還童、隨心所欲……即是這些例子。

人人都想長生不老、上天成仙、大富大貴、東成西就……，這是不易達到甚至絕對不可能的，但在夢裡吾人能羽化成仙飛上天上

宮闕與眾仙女歌舞同樂，時間能倒流，回返童年時代，能大富大貴當起皇帝，功名美女常得……。

　　我們在現實世界裡得不到的在夢裡可獲得，在現實世界看不到的在夢裡能見到，自己能力做不到的在夢裡能做到。自己的願望、思念、嚮往、憧憬、懷念……在夢裡常如願以償，還有許多的耐人尋味、引人入勝的美妙境界。它們雖是一片幻景，但夢者宛如身歷其境，如同身受，一場夢醒來如沐春風，心曠神怡，喜悅宛如遠離萬丈紅塵，精神不盡滿足。

　　我們若每夢都加以玩味，便能感到生活在與天堂為鄰與神仙為伍，悠遊天堂世界，和世外桃源……天天都過著甜美的精神生活中，日久便潛移默化不覺改變了氣質，人品自高，既是一個人也是一個神仙。

第二章　人類夢觀

第一節　嘖嘖稱奇

　　夢中有時久違懷念的老友會忽然來訪，其喜悅難以形容，在寒暄閒話中老友的容貌依舊，談話依然習慣作手勢，語意條理分明。有時夢見自家庭園中一向不結果的果樹忽然結實纍纍，碩果滿樹，喜出望外樂得拍手喝彩。有時看見掉落地上的錢幣閃閃發光。有時夢見與單戀憧憬已久的情人在花前月下攜手情話綿綿。還會看到悠悠河流中一群悠游的魚兒……無奇不有，其畫面逼真，如同身受，身歷其境，好奇的夢者在不解中無不嘖嘖稱奇。

　　自古人類都想打破沙鍋問到底，無奈人類智力有限總不能如願，雖然如此，大多數人並不因此而失去對夢的好奇心。雖每夢不與追根究底；但對夢的好奇依舊，這種現象大概自有人類就如此。

　　自古人類也就生活在與夢為伴的世界，無形中增進生活樂趣，消除了許多俗慮，有好夢便精神愉快，有奇夢便成與親友聊天的資料，人類就這樣走過了好幾百萬年。

第二節　不屑一顧，譏誚一大堆

人類是多夢的動物，幾乎每睡必夢，晚上做，天明忘，渾渾沌沌光怪陸離，好夢、惡夢、美夢都難顯得有意義和真實性，日復一日都如此，日久難免給人認為夢境荒唐無稽的觀念。

有時夢起金條觸目皆是，俯拾即得，喜出望外而大撿、特撿，撿得一大堆而以為窮根已斬斷，往後日子將大富大貴，誰知醒來依舊家徒四壁，仍然要過勞苦的日子而且傳說中以為夢境有所預兆或報喜報凶，但往後並沒見得絲毫微兆，一場夢也就一陣過眼雲煙而留下的是以為夢是空穴來風的印象。

這類胡說八道的一而再、再而三……而煩極了，對夢境便不屑一顧且譏誚的言辭一大堆，凡以為人家的主張，計劃，言談，做作……不切實際都譏以「做夢，做白日夢，痴人說夢……」一大堆，自嫌立志做事成敗未卜也喻為築夢，可見做夢完全被視為荒唐無稽，或捉摸不定的事情了，張三如此，李四如此，普遍如此，如此看法的人群極為普遍。

第三節　必有含意

由古代流傳下來的許多解夢書看來，不難發現歷代先賢們都深信夢境必有含意，否則豈會著書抒發他的見解呢？只是由於早時科學知識缺乏，以致難得以有系統的科學詮釋解夢，而一直停留在預

卜吉凶、禍福命運、神話……方面，而不進一步尋求做夢的原理、原則……。

其解夢雖然偶而靈驗實現；但多為巧合，沒有客觀和科學根據，後代子孫半信半疑，聊以聽之，姑妄信之。

現代科學昌明，各種學術都高度發達－我們能把各種學術的原理原則運用為探索夢境的工具，我們長袖善舞了，而前人做不到的，我們後代能夠做到，由是我們更能發現先賢們確實先知先覺，他們懂得夢境是座寶山，只是沒有工具開發罷了。

夢境雖然被視為荒唐無稽，解夢法也不見得靈驗，有如滑稽卡通一般；但我們不能因此認為夢毫無價值。我們不管夢境的畫面真不真，有無預卜作用，靈不靈驗，而主要是探求夢境各種現象變化，生失的原理原則和人類心類心靈奧秘。

第三章　夢非空穴來風

第一節　餘波盪漾

　　吾人一天生活奮鬥起來其經歷的所見、所聞、所做、所感……的大小事物實在不可勝數，而其中部份印象較深刻的，甚至毫無印象的……，常在睡時樹欲靜而風不止，走馬燈一樣，那些人物、動物、景物、情節……便紛紛還原重現成夢。

　　夢境大都由當日或近日……生活的大小經歷還原、反映、組合、衍生……而成，因為當日或近日的經歷較新鮮，經歷新鮮其心靈現象也較強勢，強勢的心靈現象最易化為夢。

　　吾人日常生活中許多鵝毛蒜皮小事常常行而不覺，沒留下絲毫印象；但睡時的心靈睿智神通，能把在清醒生活時行而不覺的小事物、小情意……重新呈現，歷歷在目擺在夢者面前，不過那些經歷的事物在吾人鬼斧神工的心靈加工下多已與現實大異其趣，明明是夢者的生活歷程而夢者卻陌生。

　　人們大都失察這種心靈現象，故多以為夢境空穴來風，胡說八道，殊不知夢境都是自己所見、所聞、所幹……的重現。

第二節　睡時情緒

　　人類為感情的動物，未曾有片刻沒有情緒，只是輕重顯暗而已，若就寢時帶著較具份量的情緒上床則必做起夢，其夢境都與睡中的情緒類似－同型、同類、同性，譬如：白天群聚熱舞狂歡樂不思蜀，太刺激了，舞過身上狂歡的情緒並不會很快消失，若帶著這些狂歡的情緒上床就寢則睡中必夢起大夥群聚一起引吭高唱，歌舞達旦或夢見球賽等大獲全勝，飲宴歌舞慶功狂歡熱鬧……情形。

　　雖然所做的夢境並不完全是當日和友伴們狂歡作樂的畫面和盤托出；但其性質、景象、氣氛多類似－一樣是大夥得意狂歡熱鬧樂不可支的場面，總之其夢境並非空穴來風，它們都夢者既往的體念和想像化成的。

　　又如白天看見一場人殺人的殘忍殺戮場面而睡時還餘波猶存而入睡時必然夢起人家在殘酷殺狗殺牛或狗咬狗等殘酷畫面，雖然並非白天所見的畫面；但彼此的性質，氣氛類似。

　　我們一天生活奮鬥起來無不懷有許多不明情緒，這些不明情緒亦能化為夢，而令夢者摸不著腦袋。

第三節　潛意識影像化

　　我們坐過火車旅遊，便具有了坐火車須上車站買票、上車、車廂裡前後都有乘客，窗外阡陌縱橫，到站下車……的意識。我們

若看過、吃過西瓜便具有了西瓜是圓形、橢圓形、多汁、氣香、味甘、清涼可口……的意識。聽過狗吠、貓啼、鳥唱……便具有了狗吠聲、貓叫聲、雞啼聲、鳥唱聲……是怎樣的意識。

意識若沒有形狀、符號、文字、普遍的聲音，時久完全忘記的……便成為潛意識而深藏心底而不自覺；但吾人的言談舉止無一不受其影響。我們的意識日積月累而其數何止恆河沙數。

這些深藏心底而不自覺的潛意識常在我們睡眠時紛紛冒頭，影像化歷歷在目呈現在夢者面前，我們看不見的，不知其存在的事物竟影像化呈現面前，豈不是我們失去的見聞重新拾回、重溫、複習、視野廣了？

意識在夢裡出現多為經驗的事實，無論大小長短都全部出現，例如吃飯的意識出現夢裡，則桌椅、筷匙、盤碟、菜餚……都出現。若夢見河流則流水悠悠，岸邊水草、水中的悠游的一群魚兒、流水波浪、甚至看見一條樹枝漂流而下。

第四節　身體慣性

我們若騎單車遇上下坡路，雙腳不必用力踩，讓車子悠悠而跑，身體則舒暢無比飄飄欲仙，稍有段時間身體便產生飄飄欲仙的慣性，就是不再在騎車了而身體仍飄飄欲仙，雖然慣性的感覺不太明顯，但並不會很快消失，常常在上午發生的慣性的感覺不太明顯，但並不會很快消失，常常在上午發生的慣性到夜上還存在而不自覺，若就寢時帶著身體慣性上床則這個慣性會化為夢境。

　　慣性所化成的夢境都是與其慣性同性質，同形態的，就如飄飄欲仙的慣性所化成的夢境來說；多是夢見自己羽化成仙能飛能昇而四飛天涯海角或飛上宮闕……隨心所欲，還會衍生許多上天堂見玉皇，遊月宮見嫦娥……夢境。

　　我們日常生活中的所見、所聞、所幹、所感……的歷程若繼續有段時間則多能產生身體慣性，其慣性雖多不自覺；但都能影響心靈而在睡時化為夢，一旦化為夢，夢者都莫名其妙－為什麼我會忽然無故做起飛上天的夢？殊不知它們是因果的產物。

　　身體慣性不會很快消失，連在睡眠中還能繼續著，慣性不消失，其夢也就不停進行，一直到天曉。

第五節　身體受刺激

　　我們在睡時的感官如神地銳敏，清醒生活時無法感覺的極微外來刺激在睡時能感覺到而進而影響睡著的心靈活動；睡時的心靈活動即是夢，故睡時外來的刺激或自家身體不適都會激起睡中的心靈活動，也就能引起做夢。

　　假如，睡時有股淡淡的花香經窗縫飄進臥室，而睡著的嗅覺便能感到花香了，且令睡者的心情舒暢愉快起來而進而憶起遊花園、看花、聞香……往事，這個憶起的遊花園看花、聞香……的過程即是夢。

　　若睡時臥室中的氣溫突然驟降，睡著的身體不禁挨凍，雖然他還在床上呼呼大睡；但睡者心靈卻熱鍋中的螞蟻一般正在痛苦掙

扎－夢見自己四處匆匆找尋避寒的地方而找到一口山洞，但進去後發現山洞竟是一口冰洞依然寒氣襲人，若臥室寒氣仍舊則奔走避寒的夢境不停止。

甚至睡時的感官銳敏到能感覺到似有似無的土地靈氣或土地戾氣或天下氣數，風雲變幻的刺激而反映在夢境裡。

第六節　其他

吾人若產生強烈的慾望、憧憬、嚮往、思戀……心理現象時腦際裡都不禁穿梭般繁忙地編織美好世界，有時欲罷不能。常編成長篇累牘；有的有實際、的有條理、有理想、有邏輯……等等，但也許多不實際的幻想世界，這些不實際的幻想世界或理想世界在睡時都會化成夢：「且化成夢則都具體化和盤托出，給夢者如願以償，如同身受，喜悅之情難以言喻。」

聯想、想像……的境界亦能化成夢；因為聯想、想像……的心靈活動過程在腦際裡都會出現心像……這些心像……雖是虛景；但偶而也會在夢裡重現。

譬如：看到人家的愛車便聯想起自己的愛車而腦際裡便不禁出現自己愛車的影像和一些情感等，這些影像和情感等常在睡時重現成夢。若聽人家說強盜殺人棄屍於林投樹林中……便不禁想像起一群凶殘面目猙獰的強盜將受害的屍體丟進村口的有一幢林投樹的景像和產生恐懼的心情……這些想像的景像和心情……常在睡時重現成夢。

回憶的過程亦能在腦際裡出現心像……其心像……亦能化成夢。回憶都是既往生活歷程，它們都是真人真事，一旦在夢裡重現則有如時間倒流，重溫舊夢。

第七節　意識連鎖反應

意識連鎖反應的夢境是種最神秘、最奇妙、最玄奧……的夢境，且最耐人尋味，引人入勝……也是最普遍常見的。現實世界裡的種種現象它必有，現實世界裡見不到的現象它也有。一般來說它多渾沌無理；但也有條理分明，合乎邏輯，甚至有寓意的。

它們的形成多由於零碎的意識（包括一般意識和潛意識，主要為潛意識）。它的發生都由於一種夢源所引起，然後由其意識連鎖反應而一幕一幕展開，連綴組成。

譬如：帶著愉快的心情上床就寢，由於性質類似的事物極易互相反映的緣故而入睡時便做起同樣是心情愉快的暢遊百花爭艷，千岩競秀的桃源世界的夢，這是夢境啟程的源頭。夢者在桃源世界裡走著走著不慎踩到一夥石頭而跌跤。這是由於夢者以前必有過走路不慎踩到石頭摔跤的經歷意識，睡時的意識極易同類、同型、同性……連鎖反應取代，而且動輒全套和盤托出，於是便有暢遊山水而急轉直下變為誤踩石頭摔跤的夢境。接著則因夢者摔到而弄髒了雙手而四處找水洗手，找來找去找到一條清澈的河流，河水清澈悠悠而流，夢者在洗手時，河水裡出現一群魚兒在悠游等。

　　這些跌跤、污泥弄髒雙手，四處找水要洗手，見河心喜，進行洗手時，水中一群魚在悠游……都是夢者以往的生活過程中必曾經歷過，而因與夢中的情景類似，……而連鎖反應重現的，雖然那些跌跤、污泥弄髒雙手，四處找水要洗手，同地發生的一樁事；但不同時，不同地發生的型態，性質類似的事物也會由其各零碎部份組合成一段夢或一場夢。

　　其夢境有的牛頭馬嘴、雜亂無章，毫無邏輯，但有些則逼真自然，條理分明，滿有邏輯……都必有其成因和結果，正如天上的浮雲，它們的厚薄、形態、色變、移動情形……都有其成因－氣溫、溫度、氣壓、風向風力……因素。也必有其結果，只是輕重，明不明顯而已。

　　吾人的意識多逾恒河沙數，其中同類、同型態、同性質的莫不比比皆是，其連鎖反應為何獨鐘某一樁？如上面所舉為例；人跌跤後有下例善後過程，由身邊人扶起，擦傷流血，返家敷藥或上醫院敷藥，被人挨罵走路無小心，拭去塵土後繼續前進……的情形，但夢裡卻跌跤後獨鐘四處找水洗手這方面的意識。看來其中必有成因；如睡時情緒、臥室環境、氣溫、天候、夢者的氣運和慾望……所影響。

　　先賢們早看出其中奧秘，只因早時缺乏科學智識而不能如願。我們探夢並不是窮究夢境的真實性，而是尋求其成因和可能的結果，或其原理原則。

第八節　匠心創作

　　吾人常做起生活美滿和傳奇性的夢境，因與自己的能力、環境、現實世界大相逕庭而令人大惑不解，它們都由夢者睡時鬼斧神工的心靈本能打造而成；主要為睡時想像，因為想像世界無奇不有、無事不能、沒有時空和大自然原理原則的限制，故想像世界難以想像。

　　想像世界雖是種幻象，但其結構成份都不外吾人生中的所聞、所見、所做、所感……既往經歷事實……。不過夢者還須要相當的智慧和經歷始能做出有深度、有份量、有內容……的夢境。於是張三便有做起如下富傳奇性的夢境。

　　張三夢見友人王五婚變離異而再娶大陸妹，當前往迎親時張三和李四當起王五的伴郎，以古式婚禮騎馬到大陸迎親而在大陸受盡盛情招待，在接受招待和迎親禮俗儀式中迎人的笑聲、笑臉、桌椅、禮品……都歷歷在目，王五、張三、李四的接物應對都恰到好處，無懈可擊。

　　其實，張三從未到過大陸，參加過古式婚禮……而夢中那些場面，王五騎馬迎親的丰采，對方招待禮數，應對恰到好處……都是張三既往生活中的所見、所聞、所學……或由電視畫面所見、所聽的，而由睡時萬能神通的想像本能把它們篩選組合、編織而成的。

第四章　夢的靈魂

第一節　心像

　　夢境幾乎是個心像世界，心像佔去九成九之多，吾人在清醒生活時的一切心靈活動：如思考、聯想、回憶、想像……雖然有心像出現腦際；但時有時無，極無穩定，一縱即逝，人家稍一留意它便消失無蹤，當然我們不能加以端詳細看。

　　當我們睡眠時則一切心靈活動都有心像……其心像……即是夢。夢裡的心像雖然我們不能像欣賞圖畫一般把它留下來盡情看個滿足，但清晰可見，歷歷在目，甚至可明察秋毫，有些夢醒後還留下印象。

　　吾人若沒有這個心像本能便沒有所謂的「做夢」。心像把吾人的聯想、想像、回憶、意識……心靈現象影像化為夢境；如潛意識……心靈現象影像化為夢；如潛意識、久遠往事的回憶、想像世界、各種情緒……，心像都能把它們影像化歷歷在目呈現。

　　潛意識是吾人看不見且不覺其存在的，久遠的鵝毛蒜皮小事是我們忘得一乾二淨的，想像世界是模糊的，但它都能把它們無微不至地影像化呈現，可見心像的奧妙和在夢裡的角色和地位。

第二節　三情

人為感情動物，人身沒有片刻不帶情，睡時不但沒有失去感情，反而增生多種感情，它們多會化為夢，為夢的主要成份，人若無情則沒有夢，茲分述於後：

一、白日情

這種情是人們清醒生活時的所見、所聞、所做……的外界刺激所產生的，人生活在這個世界上無時無刻都有情感產生，有生命就有感情，有的刺激深刻的常滯留不一下子就消失而成為情緒，若帶著某種情緒上床就寢則較深刻的情緒都能化成夢境，偶而不明顯的情緒也化為夢境，白日情化成的夢境普遍而佔去大部份。

二、夢生情

夢境亦能生情，就是夢者看見夢中的情景而產生的喜、怒、驚恐……等情緒。譬如：夢見一群強盜來勢洶洶揮刀殺將而來則夢者必產驚恐萬份之情，這種驚恐之情則常化為夢者自己驚叫連忙返身疾奔逃命，而強盜從後面窮追不捨的夢境。若善泳者夢見一泓清水則也能誘夢者產生見水心喜之情，於是這個見水心喜之情又化成夢喜不自勝寬衣解帶匆匆躍進水中的夢境。夢境常使夢者生情，其情又化夢的情形，致夢境衍生發展。

三、心情

人在睡中偶而有忽然心中來一陣喜氣，或一陣憂愁，或驚悸一怔……情形，此並非就寢時帶上床的情緒，也不是夢見些什麼所引

起，而是心中忽然自生之情，看似無中生有，空穴來風，其實它們
必有成因；夢者必在當日或近日的生活過程中有過大喜、大恐、大
悲……的感情刺激，這些感情過程看似消失一乾二淨；但睡時的敏
感心靈還能夠把它們重現。這種現象多一現即逝，化成長夢的不多。

　　我們常見睡中的嬰兒偶而一怔而哭一聲，或裂嘴莞爾或大笑即
這種心理現象。這種現象雖然少之又少，但確實存在。

第三節　心聲

　　我們若遇上歌聲、誦經聲、機械噪音……疲勞轟炸後由於慣性
作用，事後歌聲，誦經聲、機械吵音等還繼續在耳邊響著，餘音繞
梁。這是心裡自生的聲音，非真實的聲音，若帶這個餘音上床則入
睡時必做起有人正在唱歌、誦經、機械響不停……的夢境，而常纏
綿整夜。

　　又有睡著睡著而忽然聽見一陣爆炸巨響而驚醒的情形，醒來並
未聽見爆炸聲，而此聲是心中自生的，非真實聲音、是心聲，但也
不是無中生有，空穴來風，而都是夢者在當日或近日的生活過程中
遇過一陣巨大爆炸聲而險些嚇破膽，有如驚弓之鳥始能發生此種情
形。其他如聽見東西倒下的巨響，雷霆萬鈞而險些嚇破膽等亦有這
種情形。

第四節　心味

　　我們睡時偶而出現滿口酷辣、酷甜、酷酸、西瓜香甜味，餚饌美味……情形，但是臨睡前並沒有吃過西瓜，佳餚、酷辣、酷甜……食物……其味是心靈自生的，非真實的味道而是心味。

　　它們看似空穴來風；但其來有自，有其成因，都由於夢者在當日或近日曾吃過西瓜、佳餚、酷苦、酷甜、酷辣……食物而受到強烈刺激或深刻印象而在睡時重現的，甚至偶而也有毫無印象而重現的。心味的出現並不多見，一個人一生中充其量也不過幾次，甚至也有一生中從未見過的，它們雖然寥若晨星，但確實夢裡存在。

　　又有夢見吃西瓜而滿口西瓜香甜味，夢見吃雞肉而滿口雞肉味，夢見誤吃辣椒而辣得吃不消的……此亦為無中生有，不是真實味道，而是心靈自生的，是為心味。

第五節　心氣

　　我們偶而會出現熟睡時忽聞一股馥郁花香或油漆的刺激氣或咖啡濃香……的情形。其實臥室裡並沒放咖啡、附近也沒有花樹或人家在塗油漆……而其香臭氣是心靈自生的，看似無中生有，虛幻無稽，其實其來有自，有其成因。它們都是夢者在當日或近日曾聞過馥郁花香引人入勝，或引人垂涎的咖啡香，或令人厭惡的油漆氣……始有此心靈現象，為心氣。

此心靈現象並不多見，我們一生中充其量不過好幾次罷了，甚至一生中從未見過也有，它們雖然陌生少見，但夢中確實存在。

又有夢見花木而出現一般花香氣的，夢見人家在塗油漆而一股油漆臭氣襲人的，夢見一杯咖啡而聞咖啡香的……這些夢中的香臭氣都非真的，這些香臭氣也是心靈自生的產物，都由潛意識化成。

第六節　其他

睡時的心靈現象除上述較明顯的心像……以外尚有其他不易見到現象，例如：睡著，睡著，忽然一道刺眼強光照過來，令人睜不開眼睛而旋即消失。又有睡著，睡著，忽然一個燙熱的東西觸燙手腳或身體皮膚而使夢者一怔而縮手縮腳避開，或睡著，睡著，忽然路面出現一個洞，連忙煞住，身體險些摔下去而驚醒……。

其實並沒有強光照過來，也沒有碰觸什麼燙熱之物，也沒有掉入一個洞……。這些都是心靈自生的產物，都是夢者自己在當日或近日忽然受到一陣強光照過來一時眼睛睜不開而厭惡萬分，或曾給一種燙熱的器物燙傷而怕得有如驚弓之鳥，或走路騎車時出其不意，遇上一個洞，千鈞一髮險些摔下去……始有此種現象。

這種心靈現象少之又少，但夢境確有這種情形，也是夢境的成份之一。

第五章 睡時的心靈本能

第一節 心靈本能加強

睡時夜闌人靜,萬籟俱寂,外界干擾大大減少了,我們的情慾,思維也靜止狀態,故心靈銳敏如神,天賦本能發揮得淋漓盡致,我們神通廣大了。

睡夢時許多光怪陸離的景象,未見過的事物,問題瓶頸霍然融會慣通,時間倒流返老還童,給人如遠離紅塵,如沐春風的好夢……都是睡時的心靈鬼斧神工的雕塑,或清醒生活時行而不覺的事物,或清醒生活時無法感覺的外界微小刺激,或既往生活經驗和心得……重現或釀化而成。

睡時能回憶起四五十年前的似乎忘得一乾二淨的雞毛蒜皮小事。聽覺和嗅覺能聽到或聞到清醒生活時不能感覺的極微小的聲音和氣味而反映於夢中。觸覺能感覺看不見、摸不著、無味、保臭……清醒生活時不覺其存在的天氣變化、國家氣運、個人運途、凶徵吉兆、土地環境的靈氣、戾氣……,而反映於夢中。

這些是吾人睡時心靈本能增強了和更銳敏的現象。

第二節　心靈本能增生

我們睡眠時，身體感官少受外界干擾，心思也靜止狀態，於是增生了許多新的心靈本能。

深藏我們心底而摸不著、看不見、不覺其存在，無邊無際的意識便紛紛冒頭影像化呈現夢者面前，例如：開汽車在馬路上前進，而汽車跑到哪裡路面都出現在那裡，甚至駕駛碼盤、油表、速度表……都出現，這是我們熟悉的一般意識的影像化情形。更有許多更神秘的所謂的潛意識在睡時也紛紛冒頭影像化出現，這些都是在以往事發當時，因其事物十分微小或無關重要而沒感覺或忽略而沒留下任何任何印象，或因時間久遠忘得一乾二淨的……在夢裡歷歷在目重現，已失落的往事我們能再見其盧山真面目為造物者補償我們不足的智慧寶貝。

睡時情緒亦能還原起久遠忘得一乾二淨的往事，譬如懷著得意洋洋的情緒就寢，入睡時必做起自己在什麼競賽獲勝，或金榜題名，或升官發財……的夢境，這些都是自己既往的生活經歷的片斷或想像等組合而成。

我們一天生活起來所經歷的繁雜、混沌、模糊……的事物，在睡時也產生一種本能把它們融塑而成一種美麗的、傳奇的、遊記的歷險的……新世界。

以上種種都是我們清醒生活時沒具有的心靈本能，而是在睡時增生的。

第六章　夢為智慧寶山

第一節　影像化的意識

我們的意識日積月累，多如恆河沙數，它們都是我們過往生活的一點一滴經歷和經驗的結晶，它們深藏在我們心底深處，我們看不見摸不著，不知其盧山真面目，但我們的一切思維和舉止莫不受其支配，吾人若非意識在支配和幫助則成為一尊木偶或泥人而不可能生存。

意識看不見摸不著，若看得見摸得著則多好；我們便可以像閱覽地圖和解剖圖一般可以加以端詳分析了，那人類便如虎添翼，智慧更上一層樓了。

睡夢時我們可看見意識的盧山真面目了；因為它們都會在人們睡眠而夜闌人靜時紛紛冒頭影像化出現，歷歷在目呈現眼前。於是時間久遠忘得一乾二淨的往事，人類行而不覺的小事物……都能在夢裡看見，由此我們的視界廣大了，未見過的事物見到了，還能在新世界裡遊歷……。

尤其是我們陌生未見過的潛意識，它們能展示和現身說法其價值無窮無盡。

第二節　回憶的夢境

睡夢中的回憶能憶起幾十年前的大小或雞毛蒜皮小事，甚至當時沒感覺、沒注意、沒印象的毫髮事物。

回憶的夢境常見，長篇累牘，有如遊記，有的只是片斷，有的一閃即失。若是長篇累牘的則我們多能認識那是自己的經歷往事，若只是片斷或其點滴部份則難以辨認了。

回憶的夢境都為事實，因為它們都是自己親身經歷的往事，一點不假。它們一旦出現則都教人滿懷舊地重遊的溫馨、重溫舊夢的樂趣，童年生活的快樂，返老還童的喜悅……亦有人生經驗的複習，行為的一面鏡子，前事不忘後事之師，視界廣大，修身養性……的效果。

夢中回憶說來神奇，不但能憶起久遠的大小往事而影像化而甚至連人體毫髮都能看見，譬如：夢中憶起往河邊釣魚的童年往事；不但可見蹲在河邊垂釣，波光粼粼的河流……的景像，而連從上游漂呀漂地流下的一斷枯枝條也可見。

第三節　厲害的觸覺

天有不測風雲和降災下難，地有利人瑞氣，害人戾氣，國有治亂興亡，家有興旺衰微，人有旦夕禍福……氣數，它看不見、聽不出、摸不著，沒有物理現象，化學成份，但它們的降臨多有徵兆，

只是吾人在清醒生活時難以感覺發現；但睡眠時則感官銳敏如神，
其觸覺……感官便有所感應了，而將其反映於夢中，以各種事物、
形態、情景……象徵、影射、類比、現身說法……預示於人；如出
現尖刀利劍、山崩地裂、洪水猛獸、雲紗托明月，久違的故人忽然
來訪，悠遊世外桃源……畫面。

　　一般說來天降災劫、霉運上身、事業不順遂……的夢境多令人
心情不舒爽。而預兆國泰民安、家庭紅運、身體健康……的夢境多
令人心情愉快、身體舒爽。

　　雖然夢境在預示好歹運數顯得漫無頭緒；但近山識鳥音，我們
若常加以觀察玩味則時久便能領略其中奧秘和文理而懂得其有所預
示而作為生活上的參考。

第四節　先知先覺

　　睡時的心靈銳敏如神，神通廣大，春江水暖鴨先知，凡事先知
先覺，常見百思不解難以突破瓶頸的問題或大事經由一段或一場夢
的提示後忽然雲消霧散，一陣靈感，問題便霎時迎刃而解，可成吾
師也。

　　此並非夢裡有神仙指點，而是我們的天賦心靈本能在睡時發
揮得淋漓盡致的成果，因為我們睡時感官少受外界干擾，於是深藏
的潛意識便紛紛冒頭出現。人的思考活動不過是潛意識接力連鎖進
行，問題徵結能夠獲得突破是由於獲得了一支能夠開啟問題徵結的
大門鑰匙，睡時豐富的潛意識中必很容易就找到其中一支鑰匙。

　　睡時的潛意識多集中圍繞著問題核心連鎖反應打轉，易把問題徵結透視而鮮明清楚，心裡的箭便易中紅心，於是苦思有了結果，而瓜熟蒂落待我們收穫。

　　此種現象多在四面楚歌、生死關頭、山窮水盡、大難當前⋯⋯處境而百思不解時，如風雨故人來一般地再出現。

　　偶而亦有我們沒注意的問題或不大重視的問題在一段或一場夢後獲得提示而恍然大悟；此意味我們雖然對某事不大注意；但睡時的潛意識仍然忙著整理、釐清、釀化⋯⋯而譜出一幅文理。

第七章 夢境幻化的成因

　　許多大小事物、各種情慾、各種心理現象……都會化為夢境，加以睡時巧奪天工的匠心獨運，於是夢境便與現實世界大異其趣了，而看似胡說八道，荒唐無稽，不屑一顧，但它們都有成因和結果、原理、原則和來龍去脈。況且我們探夢的目的並非探求其是否真實和靈驗，而主要是探求其原理、原則和其奧秘。令致夢境幻化的根源有數種，茲舉例如下：

第一節　心思影像化

　　吾人睡時常懷有心思，心思有重有輕，而輕者多不自覺，但無論輕重都能化為夢，就是睡時有什麼心思就有什麼夢，心思有長短而所化的夢也有長短。

　　譬如，睡時懷著以為明天的天氣晴朗，風和日曬，萬里無雲心思則會化為天氣晴朗，風和日曬，萬里無雲的夢境。若懷著認為身上口袋裡一大疊鈔票，要上市場買菜購衣……的心思則會化成袋著一大疊鈔票上街買衣買菜的夢境。甚至夢見好友們揮手向自己送別道：「祝你一帆風順」。……也是懷著的心思所化成。因為時常明明自己懷著某種心思而不自覺，不知其存在；但睡時的心靈卻仍然能把它影像化成夢，它們最易令夢者以為我並沒有幹過那些事，

也沒有想過、看過……怎麼會做起這種夢，難道日無所想夜也有
所夢？

　　心思化為夢的過程是直接的、跳級的、昇華的、無跡象的，好
像物體昇華為氣體，沒經液體階段一般；是看不見的事物一下子化
成一列畫面一般，故易令人大惑不解。

第二節　移花接木、牛頭馬嘴

　　夢境偶而出現牛頭馬嘴犀身的怪物，人面獸身的怪人，香蕉樹
結蘋果，屋頂開一朵向日葵……怪事，顯得光怪陸離。此並非鬼怪
或著了魔，而是真材實料，完全是自己的所見所聞，經驗加上睡時
鬼斧神工的心靈雕塑而成。

　　我們觀物、做事、思考、感情……時，注意力多集中某一種，
沒完全均衡；注意力較集中的部份印象較深刻，在心裡的份量最
重，最為強勢，強勢的心靈最易化為夢，於是就有各種不同的強勢
經驗結合成不倫不類、不自然、沒邏輯的事物和景象的情形。

　　譬如：看牛時其注意力集中在頭角部份，看馬時其注意力集中
在其嘴部份，看犀牛時其注意力集中在碩大身軀部份，則睡時易化
為牛頭馬嘴犀身的怪獸，其餘可類推。

　　具體事物如此，抽象無形的事物亦如此，如感情、思考、
思戀、憧憬……無形事物也常由不同時、不同地、有的發生在當
日……無形事物的片斷，片斷組合成一場夢。不過這種無形的經驗
多不易認出罷了。

第三節　圓尖世界，黃色烏鴉

我們若連續或多見圓形的東西或尖頂的建築，或注視某一種顏色……則晚上常夢見觸目都是圓形、尖形或某種顏色的東西。

譬如：有一日走到那裡都看到人家在賣西瓜，圓圓的西瓜一堆堆，而晚上夢中所見的人臉都圓如西瓜。同理觸目所見的都是高尖的建築，則夢中所見的東西都是高尖的，其至人臉、狗頭……都是高尖的。若見一望無際的黃澄澄油菜花田而令人產生整個世界都是黃色的錯覺，於是晚上夢中的事物都是黃色的，甚至夢中的烏鴉也是黃色的。

可見我們若連續受到外界事物的刺激則身體、精神、感官……都會產生其刺激的慣性而影響夢境。甚至我們遇物只看一眼，有如過眼雲煙；但偶而也有產生影響夢中事物形狀、顏色……的情形。

這種夢境極少出現；但夢中確實有此現象。

第四節　陌生面孔

夢中偶而有出現陌生面孔的情形，一旦夢見陌生面孔都不禁發問：「無緣無故怎會出現這種面孔，難道是妖魔鬼怪？」其實並非妖魔鬼怪或空穴來風，而是有其根源和成因的。

我們在日常生活上碰見的人物面孔何止千萬？其中認識熟悉的面孔也有，生疏陌生的也有；但無論熟悉、生疏、留意端詳還是剎

那照面、有無印象……而睡時的心靈都能把它重現還原而呈現夢者面前。還原呈現的面孔大多數為近日或當日所見，但也有久遠以前所見的生疏面孔在經過幾年後再還原重現的，睡時的心靈真是神奇。

世界萬象、社會百態、銀幕、螢幕、舞台、卡通……畫面的陌生面孔，景物、飛禽走獸、卡通人物……也能在夢中出現，亦令人摸不著腦袋；原來是我們不知其成因罷了，地球上面的人物、景物……數如河沙；但有幾時認真看它記它？多如過眼雲煙，沒有留下印象；但雖然沒留下印象，它們仍然出現（偶而）在夢中。若卡通畫面，戲劇情節出現夢中則夢也會演戲令人啼笑皆非。

第五節　同性質、同類相取代

張三在電視動物奇譚節目中看過一群鱷魚在湖濱沙灘上爭奪一具獸屍，那邊拖這邊拉，互不相讓，拉鋸一陣不分勝負，接著一場混戰，互相追逐。而晚上便夢見一群貓……有的美麗的花貓，有的教人可怕的大黑貓，有的虎紋貓……在一室寬大而擺著一架大電視和一組豪華沙發的客廳裡，一羣大貓為爭吃一條魚而大混戰的夢境。

他初醒摸不著腦袋，但經一再追蹤研究既往生活經過而赫然發現原來在近日看到鱷魚爭食打架的畫面所因起，因為二者的性質、型態類似，因為夢裡同型、同性最易互相取而代之。再經長期觀察研究，證實其結論正確。雖然一椿是鱷魚、一椿是貓，風馬牛不相

及；但同樣是群起爭食混戰。至於貓在客廳裡爭食的畫面也是以前從電視看來的。

也有白天騎馬四處兜風而晚上便夢見自己騎牛四處兜風的情形，因兩者同樣是騎在動物身背上兜風、同性、同型，故互相取代，甚至有騎馬兜風而夢見騎車兜風的，不過一定都有騎馬、騎牛、騎車等兜風過的人始有這種情形。其他事物亦同樣有此情形，可類推。

第六節　其他

意識，回憶的世界都是夢者既往的生活經歷，是真材實料，絕無虛假，它們若還原成夢理當真實世界一般纔是；但其在重現過程中都易受其他因素所影響，如同性質、同類形……往事在睡夢中極易互相結合或接疊……於是便與事實大異其趣了，而且潛意識雖是自己的生活經驗；但都懷著而不自覺，不認識其盧山真面目，一旦出現夢者都感覺生疏。回憶的還原重現則因事發的時間久遠而已忘得一乾二淨了。而且無微不至，連當時的毫髮小事物都能重現，人哪有記得久遠以前的毫髮小事物？它們的出現難免令人大惑不解。

想像、憧憬、嚮往……的影像世界本根據自己的生活為基礎發展出來的，不管實不實際；但確實有了其所編織的影像世界，它們的出現都和盤托出，假如認為嚮往的地方百花競秀，鳥飛雀唱，則心像便編織成一個花開雀唱的世界，這個影像世界多能在和盤

托出，但其世界明明是自己所編的而仍然認不出來，而以為空穴來風。

　　睡時的情緒，身體慣性都能化夢，其夢境的素材都是既往生活的零碎片斷經歷，真材實料，由於其組成十分繁雜，成為一鍋大雜燴，當在夢裡出現時，已看不到事實的痕跡。

第八章　夢學與心理學

第一節　相同處

　　沒有一種學術研究能離開心理現象而進行的，也就是沒有心理活動就沒有學術，因為人類一切生存活動無一不靠心理作用，故各種學術都與心理有淵源，不過夢學與心理學關係最密切，兩者同源同體、一體二面、一陰一陽。心理學即是夢學，一個為研究清醒生活時的心理現象，一個是研究睡時的心理現象，都是心靈本能的作用和現實世界為素材。

　　於是夢中可見青山綠水、草木河川、飛禽走獸、水中游魚、大船、飛機、火車，各種各樣的建築物、社會萬象、各種面孔、人生百態、甚至人家在救火……。

　　夢中的自己（分身）能吃飯、會幹活、引吭高唱、競賽打架甚至談戀愛……。夢中的世界如同現實世界，這些都是現實世界的反映或重現。

　　夢中的痛苦、驚恐、喜悅、憂愁、悲傷、憤怒、慾望、惻隱心……都會令人痛不欲生或喜不自勝，與清醒生活時一樣，如同身受。

第二節　相異處

　　夢學與心理學雖是同源同體，一體二面，可謂夢學即心理學；但大同中尚有小異，因睡時夜闌人靜而感官和心靈都少受外界干擾，故無論感官和心靈都銳敏如神，不但原有心靈本能發揮淋漓盡致而還有心靈本能增生的現象。

　　清醒生活時的心靈和感官則不斷受到外界的干擾，故天賦的心靈本能和感官都無法發揮得淋漓盡致，甚至還有不少心靈本能無法現身，我們對它們還陌生。

　　心像在清醒生活時的思考、回憶、聯想、想像……過程中似有似無，人在無我中偶而出現，一旦留意則消失無蹤，睡時則凡回憶、聯想、想像……都全程心像，也就是說睡時的聯想、回憶、想像……即是心像即是夢。

　　睡時的意識、回憶、情緒、慾望、身體慣性……都能影像化（心像化）而成夢，而清醒生活時是不可能的。

　　不過清醒生活時我們能運用進行思考、駕馭思考、睡時的思考則似有似無。睡時的心理現象都為往事的重現，或連鎖反應或衍生……。總之睡時的心理現象較精緻、較豐富、較深度、淋盡致、具神通。

第三節　相輔相成

夢學所研究的是睡時的心靈現象，心理學研究的是清醒生活時的心靈現象的性質、形態、作用……完全相同，只是顯暗、粗細，彼此有無之異罷了，也就是清醒生活時有意識、回憶、感情、慾望……各種心理現象而睡時也有意識、回憶、感情、慾望……各種心理現象。

睡時的心靈現象大都以影像化（心像化）呈現，心靈本能也增生，各種心靈現象也加強、加深、加密……故清醒時看不見的我們可看見了，不明顯的明顯了，本來沒的出現了，而意識影像化、情緒……影像化的夢境即是其例，我們研究心靈現象長袖善舞了，美中不足的是，它們只是影像，一閃即失，不能久留，很快忘得一乾二淨。

清醒生活時的心靈現象雖然不如睡時的豐富；但可從社會百態中觀察人家的表情、談吐、舉止……自己的心理狀態而加以類比，演繹探究，甚至可在實驗室裡進行研究……這是其長處。

兩者各有其所長、所短，我們若取其所長補其所短，必能相輔相成的效果。

第九章　夢的研究法

第一節　記夢法

　　探夢的第一步為記夢，因為夢學為探求夢境的成因、結構、變化、原理、含意……的，故需要許多所見的夢境作為研究資料，不便的是夢境不過是種影像，難以捉摸，一閃即失，轉眼忘得一乾二淨，而且清醒時的心靈智慧程度不如睡時的心靈智慧一大截。

　　故夢中有些神秘境界當清醒過來時連一點印象都沒有；就是睡時有懂得事物奧秘的能力而清醒時根本沒有其能力，也就是睡時的心靈能發現的奧秘而清醒時無法發現，故夢境的記憶需要技巧和要領始能把易逝的夢境抓住留下來。

　　記夢的步驟如左：

　　第一、養成每夢後初醒半醒時就著手玩味方才的夢境的習慣。

　　第二、仍然靜靜躺在床上，而不做其他動作，想其他事。

　　第三、把方才的夢境不斷玩味和背得滾瓜爛熟。

　　由於睡夢初醒而未全醒時夢境尚清晰，我們若具備了當初醒便把其夢境加以玩味記憶的心理習慣則初醒便曉得趕快捕捉其夢境，這樣便可補救一清醒便把夢境忘得一乾二淨的缺憾，還可獵獲些神秘陌生的夢境。

夢境極為脆弱不穩，一縱即逝，我們初醒時若做些動作。如起床或開燈取物，它便消失無蹤了，甚至一些印象都沒有，若初醒時仍然靜靜躺著則思緒不致分散。

我們初醒把夢境背得滾瓜爛熟則不再忘記了，日積月累，時久探夢的資料便豐富起來。

第二節 追蹤夢境成因

我們把夢境記牢後便可進行追蹤其夢境成因的工作，法宜沿循先人所謂的「日有所思、夜有所夢」的心得進行，多為追憶自己的當口或近日甚至久遠以前⋯⋯的生活中所見、所聞、所幹、所感⋯⋯的經歷大小事物而試探，推測那一樁事物似乎與夢境有所關連，而然後大膽假設成夢的來龍去脈，接著日後繼續求證。

夢的成因在時間上多為當日或近日的生活經歷事物，因為新近的事物在心裡最為強勢，強勢的心理現象最易入夢，偶而也有久遠的事物入夢的。

若印象深刻，刺激較重的經歷往事還原成夢則易於追憶認識，若毫無感覺，毫無印象的小小經歷往事還原成夢則不易追憶和認識了，而偏偏小小經歷往事的還原成夢極為普遍。

例如：張三有一天騎單車認真趕路而忽然有一幢黑影映進眼簾，昂首一望，赫然是郵局前的一棵檬果樹，結實纍纍，此不過是樁微不足道的小小事物，不當回事，事情也就過眼雲煙般消失了；不料晚上竟夢見那棵檬果樹而連郵局、樹下的小溝流水⋯⋯都出

現，與此類似的夢境實在不少，甚至由許多經歷的不明小事物互相影響、變化，互相結合而成的奇妙夢境也常見。

電視上的社會百態、人物面貌、卡通人物……也常還原成夢，我們追憶其成因必須無微不至，明察秋毫始有所發現。追憶到既往的與該夢境疑似相關的事跡還要繼續追尋還有沒有其他疑似相關連的事跡，若再也找不到其他疑似相關連事跡後始能確定方才的事跡無錯。

第三節　尋求原理與邏輯

我們確定該夢境成因相關連的事跡後便進行探究其，狀況、理路、性質……看看是否與夢境中的感情、形狀、性質……類似處，若與夢境有類似處則兩者必有所關連；其夢必由該事跡引起，然後我們便可大膽假設其原理而又再繼續求證，也就是以演繹、類比、歸納……求證。我們若其經驗累積多了自然近山識鳥音，很容易歸納為共同原理，發現了夢境的共同原理，我們便不再瞎子摸象了，可成有系統的科學了。

盪鞦韆，在空中一前一後、一上一下，迴腸盪氣，宛若飛將起來之感；與騎車跑下坡路一般，故它亦能化成羽化飛天的夢境。凡事都能影響我們的心靈現象進而影響夢境形態……，只是我們沒發覺而已。

第十章 解夢

　　探夢的宗詣為尋求夢境的因果關係和其原理……而加以科學方法有系統地詮釋；但夢境是心靈世界，除了自然現象外還有許多難以捉摸的神秘特殊功能出現，而供我們研究玩味。茲分述於後。

第一節 靈智

　　我們偶而一場夢後而獲得提示或來了一陣靈感，而霎時恍然大悟，融會貫通；而一直苦思不解的問題癥結便迎刃而解了。

　　此並非神異現象，而是睡時心靈本能真材實料的傑作，我們苦思無法解開的問題癥結，各種設計製作的瓶頸，面臨生死關頭的處境……清醒生活時的智力無法達到而睡夢時的心靈本能能把它們醞釀、滋長，當瓜熟蒂落時便化為夢境提示給夢者。

　　因睡時的心靈本能增強，且增生新本能而精密，深厚、洞察秋毫、大小無數的潛意識在不斷鏈型連鎖反應；故先知先覺，春江水暖鴨先知。它的出現多在我們對問題長期苦思不解，設計製作技術難以突破，危機四伏無法破解……時，因睡時的心靈高明睿智，不斷連鎖反應，餘波盪漾始能產生這種神機妙算的能力。

　　我們若常留意而作為做事，研究的參巧則很有幫助；不過，它們是否確定是種靈智不能輕言果斷，我們只能用來作參巧而已……。

第二節　各種徵兆

　　睡時的感官銳敏如神，我們清醒生活時無法感覺的無現象事物的存在和它們變化，發展它都瞭如指掌，如天氣變化、天災大難、個人運氣、家庭運氣、國運興衰、親人安危、土地靈氣、土地戾氣……這些都是看不見、摸不著、無味無臭，沒有物理現象、沒有化學成份的，其感官不但對它們各種現象、變化，瞭如指掌而還能反映於睡中的心靈而化成各種各樣的夢境示於夢者。

　　反映禍福命運、時代變化、環境的瑞氣、戾氣……的夢境錯綜複雜，我們要達到能夠精確辨斷其所示的某種事物情形還要假以時日；但一般來說，吉利的事態多以好夢示現，凶危的事態多以惡夢示現，我們若用加以身邊環境情形、時代背景、面臨的處境……參酌推斷則總知大概了。

　　天時、世態、國運、家運、個人運途……的展變都有前兆－有種神秘看不見的「氣」出現，這種「氣」只有睡時的感官能感知，而銳敏的心靈便把它轉化為全反映事態的具深度、密度的夢境；那些夢境都以過去的經驗和潛意識為素材，而由經驗相關的潛意識連鎖反應下釀造而成。但我們要準確解讀夢境的意義還要假以時日。

第三節　無意義亦有意義

有些夢境的景象、人物、事態、情節……都一團亂鴉，漫無章法，既不自然亦無理路，令人不屑一顧；雖然表相看來毫無意義；但它們都不離做夢的原理原則，就是必具有其夢源、成因、外界的影響、慾望、情緒、變化的來龍去脈……也就是表面無意義，而裡面則蘊藏豐富的內容，我們就是不顧其表相而窮究其內容，盼能有所發現和了解。因天時地利、氣運、環境、風水、氣候、身體狀況……都會影響夢境的形態、性質、情節……，我們探求它的內容即是解夢。

譬如：天上的浮雲在天空悠遊，這是司空見慣，看來毫無意義，但浮雲的顏色、厚薄、密度、高低、行速、方向……的變化，這些現象的變化都有因素使然，這些因素即其內容，我們要探究只是其內容，非看其表面。

我們對夢境也如此，不僅觀其表面，主要的是察其內容。譬如：筆者曾做過一場夢；看見一道古牆，古牆中間有一管清泉像小孩撒尿一般射出落下，我上前端詳，並以食指探看泉孔，誰知手指一探竟剝落一大塊牆壁，而牆內便出現一大團由無數鰻魚滾纏而成的青白花色鰻球……。

事後我耐心追憶的結果發現近日曾在螢幕上看到人家在鰻池上餵鰻而近水面無數鰻魚搶食滾成一團的情形。近日也曾遊山看見崖壁中一管像小孩撒般的一管清泉射下……。故可見該場夢是由以

上幾種所見、所聞拼裝而成，它看不出在象徵什麼，似毫無意義；但我在其近日的所見、所聞……何止只有那些幾項？我在其近日的所見、所聞……實多如恆河沙數，為何獨鐘其中幾項？只有幾項能拼湊成夢？其中必有奧秘，否則哪天只能幾項見聞能結合一起？因天時地利、氣運、置身環境－－都能塑造夢境的形態、性質、情節……故我們可從其裡頭探究出其寓意和奧秘。

第四節　神異現象

夢境是超物質的，不佔空間、時間，沒有時空限制，人們在睡時天人合一、陰陽相通、神人共處……實為一座仙凡交通的橋樑，神人會合的場所。

人們能在夢裡和神仙對面聊天，有時神仙隱身叮嚀夢者，有時在雲端呼喚指點，或以各種事態、情節、器物……象徵預示將來的事態……。

這種情形看來彷彿無稽之談；但夢裡確實會出現，往後加以事實證明千真萬確，確實神明指示也。神異的夢境所表示的都與夢者的生活環境和切身問題完全吻合，且條理分明而都在緊要關頭時出現；但神夢非家常便飯而可遇不可求，我們不能動輒輕言神夢而且又鐵口直斷，哪便是自誤誤人了，因為是否神夢我們不易精確辨斷，神夢只能作為參考而已。夢裡的事態所象徵，所喻的意義我們也無法精確解釋。

　　譬如：以前台北市長選舉時競爭十分激烈，筆者十分關心，而當最接近投票日晚夢見一個人牽一匹高大而幾乎接及門檻的馬進入我們宗族的大祖堂，當大馬牽進廳堂後接著有一個人從廳堂裡面經後門拎出一桶水潑棄於地上了……的一段夢。我甚感稀奇，認為有寓意，經研判後以為大馬喻馬英九，桶中水喻陳水扁，大馬進祖堂象徵登位，水被人倒掉象徵人家不再用……開票結果，果然不出所料。

　　又在二○○○年總統選舉時也夢見一段稀奇的夢境－一片汪洋中僅一股狹小清流，其餘則全是濁流，筆者以為夢必有寓意，經研判而認為清水象徵藍營，混水象徵綠營，綠營佔大部份為優勝，開票結果，果然不出所料。

　　以上可能是神夢，夢境可能由神明編排提示的，否則哪有這麼巧合，符合事實，條理分明？譬如：掌中戲的木偶，若無師傅在撥弄，它們哪能活動、談話、表情，敘事，達意？故有意義，有內容，觸及問題核心的夢多為神夢，我們可加以玩味參考。

第 **2** 篇

本 論

第一章　夢境單位

　　凡事物都需要一個計算單位以便計算和說明……如一棵樹、一條河、一座山、一斤肉、一公尺長、平方公尺、一齣戲、一場電影……，度、量、衡等單位，而夢境也有必要定個單位以便計算和說明。我們把它定為一幕夢、一段夢、一場夢好了。茲分述於後。

第一節　一幕夢

　　夢境像電影一般，由一幕又一幕獨立的畫面連接進行而成，每一個畫面都由其成因的素材構成，其結構各具特徵，故每個畫面都不盡相同，有所區別，由是一幕幕的畫面便自然形成，我們遂可定其單位。

　　譬如：夢見自己在趕路；初經過一棵樹，次經過一座山，三經過土地公……，雖同是走路；但其背景不同、位置不同、時間不同……而各具特徵，特徵不同而概念上便顯得有所區隔，這個區隔的畫面我們定之為夢境單位「一幕」，於是上面的趕路夢境－走經一棵樹是一幕夢境，走經一座山是另一幕夢境，走經土地公也是另一幕夢境。

　　夢境的進行發展，有的是由形狀類的一幕幕畫面連綴而成，如：綿綿的青山、山嶺、山峰、山岩、山谷……一幕幕連綴。

　　夢境的進行發展亦有以性質類似的事物一幕幕連綴的，以穿鞋走路的夢境為例，當上幕為走路穿拖鞋，下幕則變成穿球鞋走路，再下幕則穿皮鞋走路⋯⋯連綴。夢中、無形的情感亦有此種現象，常常同是傷心流淚的情感畫面卻由既往生活中經歷的不同地，不同時發生的情感連綴起來的，故其中也含有幾幕單位。

　　夢境亦有以彼此毫無相關的事物連綴發展的，此多由於睡時的情緒、環境、身體情況⋯⋯十分複雜影響而成如：上幕是自己在游泳的畫面而下幕卻為火車在馳騁的畫面而再下幕則變為曠野上一棵大樹⋯⋯這種夢境令人眼花撩亂，摸不著腦袋。

　　夢境亦有一幕幕一貫理路的畫面連綴成，而在敘述故事一般的。此現象多由於回憶或某次的遊歷⋯⋯影像化還原呈現的。

　　亦有夢中忽然一陣花香、油漆臭氣⋯⋯情形，即所謂「心氣」。偶而亦有口中忽然一種味道⋯⋯如：強鹹、酷苦、酷辣⋯⋯情形，即所謂的「心味」。此雖然為看不見的現象：但佔有時間，故我們也視為一幕單位。

第二節　一段夢

　　二幕以上連續的畫面，甚至多至幾十幕畫面的夢境而頭尾不全的我們都定之為「一段夢」，由是所謂的一段夢，其畫面的多寡就不一定了；有的只是寥寥幾幕，有的則綿延一長篇，總之它們無論長短只是缺首缺尾就稱之為一段夢了。

　　由於吾人並非每睡必夢，每夢必澈頭澈尾，睡眠時間也常中

斷，夢中也常被吵醒，有的則身體或心靈受到刺激或環境的影響而做起夢，但其刺激或影響中斷了而夢也隨著中斷了。我們的睡眠難免受干擾，致夢的成因也時生時滅而夢境也斷斷續續，其首尾也難得俱全，故一段夢的比例最高。

夢境雖一截半斷：但有的則具有邏輯、隱義、脈絡一貫彷彿在意味什麼。有的則委實亂七八糟，不但每一幕畫面都隱晦莫名且上幕與不幕也似圖枘方鑿，不過無論有意味還是鬼畫符，我們都定義為一段夢。

一段夢有如文章的一個段落，事物其間的一部份，其界定雖然不能像一般儀表分明；但我們總算具備了其單位概念，我們對夢境的說明，計算能更清楚明瞭矣。

第三節　一場夢

我國的傳統文化早有「一場夢」的單位名詞，更常聽到人家說：「昨晚做一場夢……」他們所謂的一場夢多指有首有尾或長篇大夢，他們的定義和現在我們希望定為單位的理想完全吻合，因此我們可搭便車古物今用了，一樣把有首有尾的或長篇大夢定為一場夢。

一場夢的產生須具有下例情形始有可能；如睡眠時間充分、懷有重大情緒、身體不良狀況的長時刺激、睡時環境的不斷刺激、身體慣性繼續存在……始有長夢可見。

譬如：感情受到重大刺激，無論其為喜、怒、哀、愁……，而其情緒一直懷在心裡而至上床就寢時還不散失而心靈受其刺激，由

是化成長夢，其夢境都與其所懷的情緒的性質類似，即若所懷的情緒為歡樂的情緒則其夢境所現的都為引吭高唱，群集歌舞狂歡，賽會獲勝歡呼雀躍……的畫面，其所懷的情緒不消散，與其性質類似的夢境便徘徊整夜，成一場大夢。

　　一場夢；有的　雜混沌似在胡言亂語，有的條理分明似有寓意，有的有首有尾五官俱全。一般人夢醒後會談起的多為耐人尋味的一場夢。

第二章　夢源

　　夢境看似虛幻無稽，但它們都有成因和來源，而且都出自我們現實生活的所見、所聞、所幹、所嚐、所觸、心思、所感、潛意識……經歷而影像化（心像化）……而成，並非空穴來風，其蛻化過程耐人尋味，其奧秘值得我們探究。

第一節　所見

　　我們在現實生活中，凡自己見過的事物：如社會百態、人物面孔、各種建築物、各種機器工具、飛禽走獸、大自然景象，甚至電影、電視畫面和人物表情、書報雜誌的插畫、卡通人物……都是夢源，偶而便成為夢境的素材。

　　我們並非每見必夢，我們一天中所見的事物無論顯暗大小，其數何止千萬，日積月累，一年或一個童年時期，其數實多於恆河沙數、天上星星；但有機會入夢的不過滄海一粟而已。

　　我們碰見事物有時駐腳加以端詳，有時視若無睹，有時過眼雲煙，甚至連感覺都沒有。一般說來，印象深刻的、扣人心弦的、切身利害的、形狀特異的……的事物較有入夢機會，但也有不少逢而毫無感覺的事物入夢的。

　　總之，凡我們曾經目睹過的事物都稱為夢源、化成夢境則為偶然機會。

　　我們所見的事物經過睡時巧奪天工的心靈神技塑造下，當成夢時已與現實世界大異其趣了。

第二節　所聞

　　我們在日常生活中所聽見的聲音偶而也會在夢中出現，聲音在夢中出現的機率甚低，為稀有現象。一個人一生中充其量不過幾次而已，甚至一生中沒此經驗者亦有。

　　它們的出現情形都為原音重現，即夢裡聽到的聲音和在日常生活中所聽到的完全一樣，它們的出現都不見發聲的源頭，就是假如某日看見人家打鼓發出隆隆鼓聲，而當夢中出現鼓聲時，不見打鼓的人家而只有鼓聲。

　　聲音，因它是無形、無體的現象，極易在記憶裡消失，故它們如果能在夢中重現則多在所聞當日或近日的時間，若時間經過稍久便少重現機會了。

　　我們一天生活中所聽到的大小聲音多得不可勝數，何故有些會入夢，有些不會入夢？一般說來；忽然一陣巨響險些嚇破膽……最有可能重現成夢，如平地一聲雷，不留意中的爆炸聲，疲勞轟炸的聲音也易重現成夢，如：機器噪音，不停的歌聲、誦經聲……。

　　其實睡夢中並沒有什麼聲音在響，而完全是自己心靈所生的，而本無物，故稱之為「心聲」。

第三節　所嗅

　　我們在日常生活中所嗅到的腥、臭、香……氣偶而會入夢，它們入夢的情形多為在睡夢中忽聞一陣花香、或油漆臭、魚腥氣……，而多未見花、未見魚、未見人家在刷油漆。

　　香、臭、腥……氣在夢中的機率甚少，為夢境稀有現象，一個人一生中充其量也不過幾次，甚至一生中從未見過的也有。它們在夢境多為原貌出現；就是夢中所嗅到的香、臭……氣都是某次在某地所聞的，與原氣味完全相同，可謂其氣味的重現。

　　香、臭、腥……是無形無體的，聞後極易在記憶裡消失，故它們能在夢中出現的都為當日或近日所嗅到的香、臭……氣，若時間稍久便見不到它們重現的機會了。

　　我們一天中所嗅到的各種氣味實不可勝數，但何故滄海一粟獨鍾某次的嗅到的氣味？並非氣重就能入夢，只是它較有錄取機率而已。大抵較有機率入夢的多為印象深刻的、氣味特殊的、令人噁心生畏的……所嗅到的東西。

　　其實，睡夢中並沒有什麼，花香、魚腥……氣，而都是生活中所嗅到的氣味在夢中重現，為自己心靈所生，故稱之為「心氣」。

第四節　所嚐

　　我們有時睡著、睡著，而忽然好像吃到什麼似地滿口大餅味、西瓜味、辣餚味、藥苦味……情形，而嘴裡並沒殘留食物而其味是完全由自己的心靈所生的。

　　做這種夢境都由於近日或當日曾吃過美味可口的食物，如西瓜、大餅、佳餚……留下深刻印象或服用酷苦的藥物，誤吃酷辣的食物而怕得要命……始有這種情形。

　　夢中的食味完全與生活中所嚐的食味相同；就是近日或當日曾吃過西瓜，而晚上做起西瓜味的夢則夢中的西瓜味與近日或當日生活中所嚐的西瓜味完全相同。

　　夢中，有些有吃西瓜的景象，口中也有西瓜味，有些則僅口中有西瓜味而沒有吃西瓜的景象。有些則僅出現吃西瓜的景象而口中沒有西瓜味。

　　所嚐食味的夢境與前幾節一樣，為稀有現象，一個人在一生中所得無幾，甚至一生中從未經驗的也有。

　　食味因是無形體的現象，極易在記憶中消失，若所嚐食味在當日或近日沒有還原成夢則一去不回了。

　　夢裡本無什麼食味，而全是由自己心靈所生，故稱之為「心味」。

第五節　所觸

　　我們日常生活中，手腳皮膚觸摸器物的過程偶而也會在睡夢中還原重現，如睡著、睡著而忽然手腳、皮膚感到誤觸什麼似地一陣、冰冷、灼熱、刺痛……而吃了一驚，這樣觸物刺激的夢境亦為極稀有的現象；但夢裡確有這種情形，有此經驗的確實不多，一生中充其量也不過幾次。

　　我們的生活中沒一剎那脫離過各種物體，其過程頻繁難以勝數；但不知為何獨鍾某一次的入夢機會，一般說來誤觸刺激性強的、會傷人的……物體的過桯較有機會在睡時還原重現，如誤觸滾燙的餐具，白熱的金屬、冰塊、踩到玻璃、利刃傷……即餘悸猶存……。

　　觸覺為無形體的現象，事過便很快在記憶中消失，故它們若雀屏中選而在夢中重現則多在事發當日或在近日之內，若時間稍長便沒有夢裡重現的機會了。

　　其實睡夢中我們並沒有觸及什麼東西，而它們完全是自己的心靈所生的，故稱之為「心觸」。

第六節　所幹

　　吾人的五官和身體活動稱為「所幹」如：走路、幹活、遊戲、開車、跑馬、唱歌……，這些身體活動偶而也會在睡時重現成夢，

尤其是所幹的時間稍久身體便產生一種慣性，產生慣性的身體活動最易在睡時重現成夢。

慣性有重有輕，重的幹性常久久難消，若上床就寢時其尚未消失則必化為夢。如：盪鞦韆或挑擔遠行都會產生飄飄欲仙或肩膀一直扁擔在壓著的樣子，當睡時其慣性未消失則易化成羽化成仙飛上天遨遊天際或夢見自己挑擔遠行，一山過一山，一村又一村……的夢境。

我們所幹的事蹟在記憶裡，或所產生的慣性都很快淡忘或消失，一淡忘或消失而它們便沒有重現成夢的機會了。故所幹的事能成夢的都在當口或近日。

夢境裡亦常有自己在幹活或其他活動的畫面，而大都既往生活中自己所幹的事的重現；但因時間隔離久遠而它們在何時、何地所幹的事蹟已完全陌生，而它們都已完全抽象化而成為潛意識，加以同類意識能結合之理，而當它們在夢裡重現時，已與既往事蹟大異其趣了。

第七節　情緒

情緒為主要夢源，由於吾人在生活中凡事動輒生情，精神肉體木未曾剎那脫離感情，故情緒化成的夢境佔有大部份，有許多百思不解的夢境也多由情緒化成。我們的情緒若到就寢時還未消失，懷著某種情緒上床則其情緒必化為夢。

情緒化為夢的過程都以既往生活中產生的同形、同類、同性的

事蹟為素材而還原重現組合而成。假如就寢時所懷的是歡樂的情緒則所化成的夢境都為歌舞狂歡、引吭高唱、嬉戲玩耍……，而其組成的素材則都是既往自己生活中所經歷的同形、同性、同類的情緒事蹟……。

　　一般說來，刺激較重的情緒，切身利害引起的情緒，引人入勝的情緒……最易化夢，偶而也有微不足道，零散的情緒化夢情形。

　　夢境中的景象、情節……也能見景生情而衍生另一夢境，即所謂的「夢生夢」。譬如：夢見老虎張牙舞爪怒吼而產生恐慌之情，而這恐慌之情旋即化為迅速反身逃命的夢境，而這些逃命的夢境以既往受驚恐的情緒事蹟。

第八節　心思

　　我們的心思也會化為夢境，如憧憬、嚮往、想像世界、思戀、志向……，它們多帶有慾望和好奇心，由於愛極，而致思潮洶湧澎湃欲罷不能，像滾雪球般愈滾愈大而終成十全十美的理想世界，這個世界常是虛幻的，有的實際，有的不實際，但多能化為夢境。愛之深、望之切，一旦化為夢境常洋洋灑灑一夜纏綿徘徊，而渴望的世界已如願以償，夢者置身其中再滿足也沒有了。

　　如隔著一座山的那邊的世界，望而不可及，加以傳說山那邊的世界千岩競秀，百花爭妍，黃金，珠寶遍地……而引起種種想像和嚮往，因愛之所致終必化成夢。於是既往想像的百花競秀，黃金遍地的世界便嚇然呈現眼前。

　　思戀達最高點，也難免產生許多浪漫的憧憬世界，憧憬世界日趨成熟而以假似真，至此境界不化為夢也難，於是夢起和情人出雙入對四處幽會，花前月下情話綿綿。

　　夢中亦有聯想、想像……心理現像，即所謂的「夢聯想」「夢想像」。譬如：夢見張三而聯想起李四而再聯想起李四在寫字辦公，或夢見月亮而想像起嫦娥等眾仙女在奏樂歌舞。夢中的聯想，想像也即是夢，就是夢見張三而接著出現的李四和其在辦公室的畫面為夢聯想的部份，難以斷然分別，夢見月亮而接著出現的嫦娥，眾仙女奏樂歌舞的部份是夢想像的部份。

第九節　意識

　　意識就是我們所經歷認識的事物，我們凡見過某種事物或現象、聽過某種聲音、聞過某種香臭氣、吃過某種食物、做過某種動作、接觸某種東西……便具有了其意識。

　　假如：看過牛，便具有了：牛是二支角、四隻腳、一身細毛……的意識。聽過羊叫便具有了羊子咩咩的意識。吃過西瓜便具有西瓜味是怎樣的意識。打過球便具有打球動作的意識。摸過冰塊便具有了冰塊極冷的意識。

　　這樣說來；聯想、想像、回憶、嚮往……豈不也是意識？因為這些本能其實是意識活動，若沒有意識這些本能是無法活動的

　　意識分為一般意識和潛意識，茲分述於後。

一、一般意識

我們日常生活中的所見、所聞、所嚐、所幹、所觸、所嗅……經歷事物中，若是日常可見、可聞……或有圖案、文字、符號……供記憶的，則為一般意識。一般意識分為共同性和專有性。

甲、共同性

張家的牛有二支角、四隻腳、全身細毛……。李家的牛亦有二支角、四隻腳、全身細毛……。這是物質方面的共同性，餘可類推。張三坐火車務買票、剪票、候車……。李四坐火車務買票、剪票、候車。張三、李四前一次坐火車務買票、剪票、候車……，後次坐火車也務買票、剪票、候車……，這是我們行動方面的共同意識，餘可類推。

共同意識已把事物抽象化了，我們的腦海裡和記憶裡對它們只有其共同部份的印象……牛就是牛，同是二支角、四隻腳……不分牠是誰家的牛，還是某日在某地看到的牛。

對坐火車的印象也同是買票、剪票、候車……，不分那一次的旅行，那一地的車站。它們在夢中出現也只見其共同性。

乙、專有性

張家的牛高大而肥胖、角長、毛細……。李家的牛矮瘦、角短、毛長……，每一條牛都各有特徵，絕不完全相同，我們觀後都留下不盡相同的印象，此為其專有性。

上週旅行在高雄站搭車，因趕時間而未經候車便搭上了車，下週旅行在台南站搭車，因時早而候車好久始上車，兩次旅行搭車的地點、日期、過程……都各有不同處，各具特徵，此為行動的專有性。

　　事物的專有性時久便淡忘，尤其細少部份一經時間便完全消失，故事物的專有性若在夢中出現的則多在事發近日內。它們一旦在夢中出現則我們多能認識那是張家的牛還是李家的牛。也能認識那是在高雄站搭火車的旅行還是台南站搭火車的旅行。

　　二、潛意識

　　我們日常生活中的所見、所聞、所幹、所嗅、所觸……的經歷事物若是無形體、不常見、不常聞……的，微不足道的，忘得一乾二淨的……便很快在記憶裡消失而成為潛意識。潛意識日積月累，隨年齡而大增而致多如恆河沙數，天上星星而深藏心底而不自覺：但我們的一切行動、思想、技術、技巧、觀念……都無不受其影響和支配。

　　潛意識會在我們睡眠時爭相冒頭而影像化（心像化）而成夢，此時也，我們便能見其廬山真面目了。潛意識亦分為共同性和專有性。分述於後：

　　甲、共同性

　　世界上的一切事物都有其共同性，如：牛，必有角、有腳、有毛……樹有根、有幹、有葉……。坐火車務買票，剪票、候車……。我們若來去匆匆，心不在焉而視若無睹，沒留下絲毫印象，或事物微不足道，或因時間久遠忘得一乾二淨而便轉成潛意識而深藏心底，但當它們影像化成夢則其共同性依然可見－牛依然有角、有腳、有毛……，樹依然有根、有幹、有葉……，只看不出牠是誰家的牛，看不出在哪地方的一棵樹……罷了。其他事物亦如此。

乙、專有性

世界上的一切事物都有其各別的特徵、專有性，如：牛都有角、有腳、有毛……，但每條牛的角、腳、毛……並不盡相同，教人一見便知牠是誰家的牛。每棵樹都有根，有幹、有葉……，但每棵樹的根、幹、葉……，並不盡相同，有其特徵，教人一見便知它是在哪裡看到的一棵樹。

我們若來去匆匆或心不在焉而視若無睹，或事物微不足道，或事經久遠忘得一乾二淨而轉變成潛意識而當其潛意識影像化成夢時，其特徵依然存在。其他事物也如此。

第三章 入心作用

　　我們日常生活中所見的事物、形狀、所吃的食味、所聽的聲音、所生的感情⋯⋯實難以勝數，但能入夢的不過滄海一粟而已。譬如：當日或近日看過山、看過樹、看過球賽、看過狗、幹過吃飯、趕路、上班⋯⋯動作和其他不勝枚舉，而能入夢的不過其中一二，甚至沒有一項能夠入夢⋯⋯，此由於「入心作用」之故也。

　　吃過許多食物，看過許多事物、幹過許多動作⋯⋯而只能偶爾其中一項或某些部份入心，其因多由於注意力和當時的心情⋯⋯而定，一般來說，對扣人心弦的，較突顯的，耐人尋味的，十分喜愛和厭惡的⋯⋯事物最有入夢的可能，即所謂的「入心作用」。入心作用又因焦點不同，而分為全部性、局部性、微塵部份，茲分述於下。

第一節　全部性

　　能一眼包覽的整個事物個體，一閃即失的現象，飄忽而過的聲音或香臭氣⋯⋯較易成為全部性入心作用，因為我們一眼便觀透其全體或聽全其首尾，因為我們的印象是其完全整體，故它們若能在我們睡時重現成夢則也是整體或首尾全部。

　　假使我們看見一條牛而牠又佔去大部份視界，且又引起我們注意則我們所留下的印象也是牠的整個身體，可算為全部性入心作用，牠若能在我們睡時重視成夢則也是牠的整個身體。

　　假使我們忽遇一道閃光，吃了一驚，而留下的印象也是其整道強光，因其過程剎那，難分其時間前後也沒有聚焦選擇時間，故留下的印象也總是整體，倘能在我們睡時重現成夢也是整體出現。

　　全部性入心作用並不論事物的大小、多寡、廣狹。有的天大的整座山入心，有的則無數的個體入心，如：見到一陣人馬而入心作用，其由無數的個體組成，有的則視界範疇的事物都入心作用，如：一望海洋或遠眺景物……其中的事物都一起入心。

第二節　局部性

　　近距離看山、看巨艦……因其體大我們的視界無法全覽而只見其一部份，傳來一陣長音；因時間關係，或有心無心注意而只聽進丁點，開滿花兒的一棵樹，我們只觀其花不觀其樹，……最易產生局部性入心作用，其他如我們所幹的動作、食物滋味……亦有此現象。

　　局部性入心作用在我們心靈裡留下的印象也是局部性，甚至毫無印象，當它們在我們睡時出現也只重現其局部而已，一般來說，局部性入心作用的產生為多由於其事物只有一部份最能引起人的注意力而已，如某一部份令人喜愛或厭惡……，最易產生局部性入心作用。

　　一個美女的顏面部份最吸引人，最易令人入心的部份，也是其顏面，她的倩影一旦在我們睡時重現也是其顏面最為突顯。

第三節 微塵性

我們的心靈不但對較突顯……的事物產生入心作用現象，而連微塵般微不足道的事物偶而也產生入心作用而在夢中重現，如看到一根毫髮，一粒細沙、一些微音、皮膚微小刺激，碰小事一怔……似有似無的歷程。

微塵般的事物能入心須具有各種條件，如清靜環境，心靈無雜念，沒有其他刺激，切身利害、喜極、惡極……。因心靈全沒受外來刺激而單純清靜，對一椿小小事物亦能留意到，而事物雖小亦突顯矣。

微不足道的事物入心我們無自覺，沒有留下任何印象，極易淡忘，它雖然也能重現成夢；但都在事發後的當日或近日，時間稍久便沒有重現成夢的機會了。

它在夢裡出現都一瞬即逝，極短暫、或睡著、睡著，而忽然莫名一怔，神龍見首不見尾，我們摸不著腦袋。

一個人一生中有此經驗者充其量不過幾次。甚至一生中沒此經驗者也不少。

第四節 轉變為潛意識

我們所見、所聞、所幹……的事物既即是意識，故入心作用的事物也即是意識，只是入心作用的意識條件特殊；除了較易入夢

外，我們的生活行為、思想、觀念……都受其支配影響。

　　我們所見、所聞、所幹……事物，何者曾入心，何者未曾入心我們毫無所覺，就是曾經入心作用的事物也不一定會還原重現成夢，因為我們並非每睡必夢，而入心作用的事物卻與日俱增，由於僧多粥少，不一定無數曾入心作用的事物在排隊等候還原重現成夢呢；而它們其中如願成夢的並不多，其餘失望的，時久便轉變為潛意識，具入心作用的潛意識在我們心底裡仍較具影響力，我們生活上的一切、行為、思想……都受其影響、支配，它們還能偶而影像化成夢。

第四章　分身

　　我們的身體本尊僵直地在床上呼呼大睡而分身（心靈）卻活躍於千里外的夢境世界裡。分身在夢境世界裡不但完全不失本尊在現實世界裡的各種本能，反而過之無不及，如感情、思考、慾望、禦敵、對抗環境……。

　　分身在夢境世界裡的言談舉止都較本尊在現實世界裡的言談舉止精明、機智、俐落，甚至萬能神通，平素逢人張口結舌，無言以對的人在夢裡卻辯才無礙，對答如流，半時木訥寡言的人在夢裡則玲牙俐齒，能言善道。分身在夢裡分為置身其中和置身事外，茲分述於下。

第一節　置身其中

　　我們現實世界裡有的事物，夢境世界裡一定有，現實世界裡沒有的夢境世界裡也有。現實世界裡不可能的夢境世界裡可能，夢境世界真是萬有萬能的世界。

　　分身能進入夢境世界縱橫活動，其個性、志趣……和本尊清醒時完全一樣。分身在夢境裡能當起皇帝，享盡榮華富貴，當起太空人駕船遨遊太空天際，而且飢找麵攤、渴能找水喝、挨凍會撿柴生火取暖、登台演戲、唱歌……，還能開車兜風呢。

這是我們的分身在夢境世界活動的情形，他置身其中，沒片刻離身其空間，與其事物為伴，故稱之為「置身其中」。

夢境大半都置身其中，因為我們現實生活中沒有片刻離開世界空間事物，假如駕飛機，其體雖沒著地，但總不能離開空氣，空氣也是世界的一部份，故吾人沒片刻離開世界而生活過。夢境是現實的反映和或寫真式原貌重現，故夢境多為分身置身其中的。

夢境中的事物能夠栩栩如生，逼真如同身受，就是由於我們的分身置身其中打成一片之故。

第二節　置身事外

我們的現實生活和肉體雖未曾片刻離過這個世界；但如隔岸觀火，見事袖手，或看電影、電視、欣賞攝影、繪畫……我們置身事外，此時著實離開那些小世界了。

銀幕，螢幕裡人物正在打得如火如荼，卡通片裡的角色正在飛舞追逐……而我們就是心養按捺不住也無法進入那些小世界插手、干預、廝混。攝影、繪畫的引人入勝境界也望而不可及，這種現實生活的情景常在夢境裡和盤托出，現實世界裡有，夢裡亦可見。

這種現實現象在夢裡也一樣－我們的分身只能隔岸觀火、不能進入、插手、干預廝混，望而不可及，宛如別有天地。夢境裡人家在打鬥，卡通角色鬥智爭奪，打火員噴水救火，引人入勝的景物……都是現實世界的反映或寫真式和盤托出，雖然所求佔份量不如前者；但夢境裡必具有，而與前者交替出現，夢境裡非前者即是後者。

　　雖然我們的分身對夢境中的畫面置身事外，但仍能見景生情，見鞍思馬的作用而衍生新的夢境。

第五章　夢境你我他

夢中，先母語重心長的叮嚀，友人揮手熱情相送，雲端天使在呼喊，風雨忽然故人來訪，遊天上宮闕晉見玉帝，遊月宮見嫦娥，而眾仙女歌舞招待，或逛龍宮遊地府，或見清流中一群長鯉正在悠游，見自己正在挑擔千山獨行，幢幢高樓大廈……，而別以為真的自己見過先母，見過熱情相送的友人，自己的靈魂曾飛上天晉玉皇，接受眾仙女的歌舞招待，見過如畫的龍宮，黑暗的地府……。

其實夢裡沒有什麼東西，什麼人物，什麼靈魂都沒有……都是自己睡時銳敏如神和巧奪天工的心靈彩繪出來的影象世界，它們栩栩如生，宛如現實世界，置身其中如同身受。

夢境世界的景物，人物都是現實世界搬進去的影像，有的和盤托出原貌出現，有的加油加醬已與原貌大異其趣。假使以前母親常語重心長的叮嚀，其友人熱情送別，有一次風雨忽然故人來關心，或聽過天上宮闕，瓊樓玉宇，嫦娥奔月，木蓮救母，武松打虎……故事，而引起的想像世界……若搬進夢境則夢境裡豈不出現活生生的先母，熱情送別的友人，清流中成群的大鯉魚，排排幢幢高樓大廈，瓊樓玉宇，仙女歌舞獻藝，自己正在桃擔千山獨行……。

總之，夢境不是空穴來風，夢裡也沒有什麼靈魂、友人、瓊樓玉宇……而它們都是現實世界轉化來的影像。

第六章　夢境不易詳述

　　我們睡時的心靈銳智、萬能、神通，能領略宇宙奧秘和預知未來；但當夢後完全清醒而其全能和神通便喪失殆盡而平平庸庸起來，而夢裡的所見的神秘世界便轉眼雲消霧散，剩下無幾而且都是其渣滓、粗淺、通俗部份，而精髓部份則忘得一乾二淨，其玄奧部份則連印象都沒有，好像沒有夢見過什麼似地，總之，夢裡可見可感的境界在清醒時的平庸智能裡無法感覺，故夢醒而其玄奧部份便空空如也。

　　夢境雖不能完全記憶和理解；但似乎在暗示什麼，真是耐人尋味，教人不吐不快，而逢人便想說夢，但夢是不易記憶和表達的，說來說去都是其膚淺粗俗部份，而精髓部份卻全都漏網了，於是便流於人人取笑的痴人說夢。若請示解夢師，其陳述的也不例外；總是俗淺粗淡部份、精緻、玄奧部份全都漏了，解夢師聽進的一大堆都是錯誤百出的，差之毫釐失之千里，所以解夢大都是差誤百出的。

　　不過領略夢境的深淺程度與夢者的智識素養息息相關，與智識程度成正比，而且智識程度高也較能表情達意。領略夢境也需經驗和磨練，首先在夢初醒時不可有雜念和做動作，而趕快把它牢牢記住，我們把它記住了，以後始有慢慢玩味的機會。

第七章　夢境意義

　　對探夢者來說，無論有趣無趣，有理無理，奇不奇怪，有無象徵性，甚至光怪陸離……夢境都是寶貴的探夢資料。小小麻雀五官俱全，雖看似荒唐無稽或微不足道，但仍必俱有其所見、所聞、所幹……經歷來源、成因、變化過程、感情、心靈變化、外界干擾，所產生的結果情形……宛如天上的雲朵，無論其大小、濃淡、顏色、厚薄、流速、流向、出現的時間……都具有其產生的成因和其做成的結果，其成因和結果之間還有不知其數的事物影響它，而它也影響其他無數事物，我們若深入加以研究便可得不少氣象智識，甚至預測將出現怎樣的氣象。

　　因此我們也可從不屑、不起眼的夢境中探究得其中奧秘，例如：我們所見、所聞所幹、所感……的事物素材在怎樣的情形下始能入夢，入夢過程的情形，心靈本能對變化過程的影響，肉體五臟對變化過程的影響，其共同原理，潛意識影像化的情形，有什麼徵兆……。

　　由於睡時的心靈銳敏如神、萬能神通，而我們清醒生活時所見、所聞、所幹、所感……經歷而毫無留下印象的毫髮小事物，深藏心底而不覺的潛意識，幾十年前發生的忘得一乾二淨的鵝毛蒜皮小事，睡時的天氣變化，睡時週遭環境裡的看不見、摸不著、聞不到……的天地瑞氣，戾氣……，而其感官都能感觸，或重視，而且它們都能反映於夢境，或影響夢境的變化，或化為夢境。可見夢境的每一片段都是機珠寶貝。

第八章　夢的預兆

　　吾人睡時的心靈本能真是神通廣大了；不但固有本能發揮更上一層樓，淋漓盡致而還增生許多新本能，故能把我們所熟悉的一般意識影像化重現。也能把我們懷而不自覺，深藏心底的潛意識影像化，此時也我們便可一睹潛意識等的蘆山真面目了。我們清醒生活時所逢的如過眼雲煙的事物，視若無睹的事物，微塵般不易感覺的小事物，幾十年前的而已經忘得一乾二淨的往事……本毫無任何印象了；但偶而也會影像化重現。

　　睡時的感官銳敏如神，能感應天地靈氣、天地戾氣、天候變化、個人氣運、國家興衰、身體狀況、感情狀態……摸不著、看不見、無味無臭、沒化學作用、物理現象……超物質現象，而塑造起反映其現象的夢境。

　　我們苦思不解的問題癥結，或無法突破的計劃，設計的瓶頸，或當草木皆兵，生死關頭……時常因睡時的高明睿智心靈以巧妙的夢境提示而忽然融會貫通，恍然大悟。

　　夢境真是萬應萬靈的乾坤儀器，先知先覺，料事如神，先民們早就懂得夢境深藏無窮的靈智和許多奧秘，無奈，早時缺乏科學智識而總是在門外徘徊，難得進其堂奧，萬千年來都囿於神話式的，卜占式的禍福吉凶方面而不見有系統的科學詮釋。

　　夢境除了提供許多智慧以外還確具預示作用，這不是神話，占

卜或迷信，而是自然事實，有科學根據的；因為睡時的心靈能把既往生活的所見、所聞……的鵝毛蒜皮小事重現加以利用，對睡時置身環境的有形無形事物瞭如指掌且無微不至，故對事態變化春江水暖鴨先知，較我們先知先覺。

前人解夢並非痴人說夢，只是差之毫釐失之千里罷了，就是科學昌明的現代，我們還仍然徘徊於其真理外，我們要其廬山真面目，須以科學方法探夢，因為夢境也是自然現象，有其成因和結果、原理、原則……的，可以科學方法加以詮釋。

根據筆者經驗，許多夢境確實反映事態，與切身問題息息相關，令人直覺上便感到它有所暗示，筆者若見疑似有所暗示的夢境時，常常加以辨斷事態，雖然不敢鐵口直斷，但以後的事實證明其夢境確實有所暗示。

第九章　夢中的感情

　　夢境中的景象、事物……亦能令夢者見景生情，夢境世界比現實世界精彩複雜，光怪陸離。人是感情動物，凡事都能令他生情、動情，故夢中的感情較現實的感情更精緻、複雜、鮮明，而多彩多姿，而且夢中的感情常因缺乏理智的調遣而常一瀉千里－－樂，樂翻天，一悲，悲至絕。

　　譬如：夢見老虎便恐懼萬份，夢見美景便心情愉快，夢見好友便喜出望外，夢見舊地重遊便重溫舊情……。現實生活中所發生的感情偶而也會在睡時重現成夢，譬如球賽大勝，球員雀躍萬丈歡喜欲狂，這種狂熱之情偶而會在睡時重現，其重現多為空降式的－只見忽然那狂歡之情在心裡油然而生而不見球員狂歡的場面，偶而也有一股騰歡的熱情伴著球員狂歡畫面的。

　　現實生活中的感情在睡時重現成夢無論其大小都有可能，有時甚至剎那，微塵般似有似無的感情偶而也能重現，譬如：有人從身後忽然拍一下肩膀的一怔，吃飯時不小心而一隻筷子給跌下而要俯身撿起的小小煩惱，不知路中有個小洞險些踩進去的怕怕，被人家當面奚落的小小不滿……似有似無的感情偶而也在睡時重現。

　　夢中見景生情的感情亦能由夢中聯想，夢中想像而衍生新夢境，譬如：夢見老虎恐慌萬份，而恐慌產生夢中聯想或夢中想像起老虎張牙舞爪從身後怒吼猛撲而來－睡時的聯想、想像……心靈現

象即是夢，故見虎怕得要命後便產生拔腿返身逃命，老虎在身後猛追而來的夢境；前者是見虎產生的恐懼，後者則是恐懼所衍生的夢境。

又如：夢見有人在高呼有強盜，而夢者立即趕到大門想把大門牢牢鎖住以防強盜入侵，不料趕至大門時一群強盜也已趕到大門前，而個個強盜都面目猙獰揮舞著刀槍……，這也是夢中感情衍生新夢境之例，但夢境是否由感情衍生的？直覺上並不易辨別，因看來並沒什麼差別，非經類比、演繹、歸納等邏輯過程難發現其中奧秘。

夢中的我們與現實生活一樣，處處生情、事事生情，如同身受。夢中的感情因睡時無外界事物的干擾，故格外深刻、隆重、入木三分－樂則雀躍若狂，喜則深迷陶醉，怒則七竅生煙，悲則痛不欲生……，且睡時無理性加以調節控制，故常一瀉千里。

現實生活的感情則因不停地有許多外界的事物干擾其感情都無形中淡化許多，又因清醒生活時具有理性，理性能淡化感情亢奮，假如中彩券，其喜常因思及把錢投資什麼事業，蓋房子好？買車好？等考慮干擾而有所打折扣。

第十章　取代型夢境

　　夢境有這一種的－白天（現實生活時）看到一群雞在打鬥而晚上便夢見一群狗在打架，白天騎馬馳騁而晚上便夢見自己騎鐵馬馳騁，白天看到兒童們在跳圈遊戲而晚上便夢見自己童年和玩伴在庭前遊戲的情景⋯⋯。

　　此就是夢源與夢境大異其趣，看不出彼此有所關連－夢源是雞鬥，夢境卻狗鬥，但夢就是夢，奇又奇，自古人們根探蒂固地視之胡說八道，誰會留意它，誰會跟它瘋？

　　事實它們亦為有因，有果的現象，其因化為其果的過程都經過繁雜，神秘的來龍去脈⋯⋯。我們心底的心靈世界是這種情形；當我們的所見、所聞、所幹⋯⋯經歷的事物進入心靈世界裡的形狀、性質、氣氛、感情⋯⋯類似的事物融合、結合、釀化、同化、互相影響⋯⋯而成為合成品，這些合成品偶而便在睡時還原重現成夢，當還原夢時它已面目全非，就是原為雞打鬥竟變成狗打鬥，騎馬馳騁變成騎鐵馬馳騁，兒童們跳圈遊戲變成自己童年時遊戲⋯⋯，但雖然物體改頭換面而形態、性質⋯⋯則完全保留著，我們經歷的許多事物都有這種情形。夢見騎鐵馬馳騁而誰能料到是由自己騎馬馳騁所衍生而來的？忽然夢見童年上河邊釣魚的情景而誰能料到是由於當日曾到河邊洗手看到魚群而引起的？許多大惑不解的夢境都是由後事引出前事的，而常以同性，同型的事物取代，若不加以探究

根本難發現其蛛絲馬跡。

　　當我們看見雞群打鬥而是否曾加以理會，但其意識都會進入在心底裡的心靈世界，它在心靈世界裡便與性質，形態，感情、氣氛……類似的或關係密切的……前輩結合，融合、同化、釀化、互相影響……。因心靈世界裡，有許多同是打架性質的前輩：如人打架、狗打架、牛打架……．但雞打架與狗打架的前輩在各方面都較類似接近－體形大小同是相差不遠，同是以口互相攻擊，身體輾轉攻防……，於是結合，融合……而成合成品。當它還原重現成夢時，雖然其夢境是變成狗打架；但性質、動態、氣氛……仍是雞打架的的模式。

　　千古夢境迷團總是解不開，其原因即在此，因人們對夢境的不屑已根深蒂固，誰還會加以理會？光是感到奇怪而我們還不能認識其來龍去脈。不但事物經歷方面有此現象而感情，情緒方面都有此情形；就是路邊看到一隻嚴重受傷的青蛙而生起惻隱之心，而晚上竟以曾有一次在路邊看到一個孤兒在路邊蹄飢號寒的畫面所取代。甚至在螢幕上看過鱷魚在湖邊爭食打鬥而晚上夢起美麗的花貓在陳設華貴的客廳裡爭食打鬥追逐的情形。或許花貓在客廳裡打鬥也是在螢幕上所看過的。

第十一章　意識影像化

　　我們看過、聽過、吃過、聞過、幹過、摸過……某種事物便具有該事物是怎樣怎樣的意識，譬如看過牛，便具有牛是二支角、四支腳、一身細毛……的意識。吃過西瓜便具有西瓜是味甘氣香的意識。吃過飯便具有以筷挾菜，以桌擺菜……的意識，走過上學的路便具有從哪邊走、路平、路直、路傍有一棵大樹……的意識。

　　意識若具形體的，重大而印象深刻的，有文字符號圖像表達的，日常接觸的……，為一般意識。意識若是抽象無形的，無文字符號圖像表達的，微不足道的，日常極少接觸的，時間久遠忘得一乾二淨的……，為潛意識。

　　一般意識多具有印象、能記憶、能夠描述，心知肚明我們能加以操控。潛意識則深藏心底，我們懷而不覺，我們不知其蘆山真面目；但我們的智識、言行、思維、技巧……未曾片刻不受其影響，支配，例如一切武術、書法、雕刻……的難以言喻的小動作，小經驗等都影響，支配著進行技巧。若碰見一個陌生人，雖然沒留下任何印象，但若再碰見時能很快認出－此亦為具有其潛意識之故也。

　　無論一般意識還是潛意識都存有共同性與專有性，譬如：張家的牛二隻角、四支腳、一身細毛……。李家的牛亦二支角、四支腳、一身細毛……。王家的牛亦二支角、四支腳、一身細毛……。前天吃的西瓜氣香、味甜……，昨天吃的西瓜亦氣香、味甜……今

天吃的西瓜亦氣香、味甜……。前天吃飯以碗盛飯，以筷挾菜、以桌擺菜……，今天吃飯亦以碗盛飯，以筷挾菜，以桌擺菜……。以上是事物意識的共同性，每一種事物都有此現象。

張家的牛雖二支角、四支腳、一身細毛……，但其角大而長、腿大而長高、身毛呈棕色……，李家的牛年青，角短、腳矮小、身毛呈黃色……。王家的牛角大而老態龍鐘，腳骨粗而無肉，身瘦毛長……。前天吃的西瓜甜而香，昨天吃的西瓜氣味二淡，今天吃的西瓜色紅，但氣味都淡……。前天吃飯佐雞肉，冬瓜，昨天吃飯佐魚肉、白菜，今天吃飯佐豬肉，雞蛋……。以上是事物意識的專有性，每一種事物都具有此現象。

意識的共同性和專有性圖解如下：

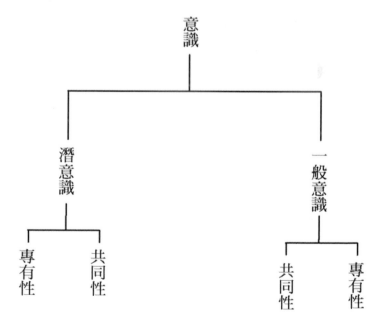

　　事物意識的共同性較為單純，直覺上不過寥寥幾項而已，其專有性則極為繁雜難以辨別，譬如：西瓜，每一個的大小、形狀、紋路、色澤、香氣、甜味……，沒有彼此絕對完全相同的，各有其特徵，任何物質都如此，尤其動作方面的，每一次都有其特徵，譬如吃飯；每一餐的菜色不同，盤碟位置不同、時間不同、採光不同，圍桌吃飯的人不一定同……。就走路言：每步腳的位置不同、時間不同、長度不盡同，路面狀況不同……每一步腳都具其特徵，特徵即其專有性，可見每一個人的動作方面的專有意識實多過恆河沙數。

　　當我們睡眠時，那些深藏心底的意識便蠢蠢欲動，競相冒頭影像化（心像化）出現；尤其潛意識浩如煙海，數量多如天上星星，其影像化的成因和原因為：若睡眠中外界環境有所干擾而感官有所感，各種肉體刺激，各種氣氛的影響，各種心靈本能活動……時意識便進行影像化，也就是睡時的一切心靈活動必有其心像相伴；睡時的心像即是夢。

　　意識影像化為睡眠時的環境情況，所懷的各種情緒，環境氣氛，各種心靈活動……同類型、同性質……情況的反映，譬如：睡時懷著歡樂的情緒則做起歡樂的夢境，而其歡樂的夢境的情景則都是既往自己的生活中所經歷的事物意識的重現或加上夢者夢中的即時想像。

　　譬如：睡時所懷的為悲愁情緒則做起的夢境亦為悲愁的夢境；其情節也都是自己既往生活經歷的事物意識的重現或加夢者夢中的即時想像。

　　譬如：睡時臥室的氣溫突然驟降而睡中的身體挨凍則做起自己到處找地方避寒或到林邊撿柴生火取暖⋯⋯的夢境，而其夢境的情景都是夢者自己既往生活的經歷的事物意識和經驗的重現。

　　譬如：睡中陣陣花香從窗縫透進來，令睡者的嗅覺有所感而致睡者精神愉快，於是做起遊山玩水，滿山遍野花香瀰漫的夢境，那些景象也是夢者既往生活經歷事物意識的影像化重現或夢中即時想像。

　　夢境亦能引發同性質、同形狀、同氣氛，關係密切的⋯⋯意識影像化：譬如夢見二個女人在打架，打著打著卻變成二個男人在打架，此因二者形狀、性質、氣氛⋯⋯都頗為類似之故，夢境常類似者彼此相取代，或許二個女人打架是在近日生活中所見過的，而或許二個男人打架是在幾年前生活中所見過的。

　　又如夢見一片藍空，接著則出現孫悟空騰雲駕霧手持如意棒俯覽找尋妖精藏在何處，此為關係密切的意識連鎖反應的影像化；夢者必曾看過西遊記電影，目睹孫悟空騰雲駕霧迫殺妖精的畫面，其背景是一片蔚藍天空，我們先別論起初為何出現藍空，我們是問出現藍空後為何接著出現孫悟空騰雲駕霧？因為所見的電影藍空與騰雲駕霧密不可分，宛如一體。

　　一般意識的影像化，因其意識為尚有記憶的，故夢者還能認出－那是張家的牛，那是李家的牛⋯⋯，甚至還記得那是某日在某地所見過的牛⋯⋯。潛意識影像化則認不出那是張家的牛還是李家的牛。

第十二章　無形意識重現

　　無形意識即聲音、食物味道、光線、香臭氣等，冷熱、觸感等我們的感官能感覺的無形現象。我們看過閃電、燈火、焰火、月亮、太陽……便具有其光的意識。我們聽過雷鳴、雞啼、狗吠、喇叭響、鶯唱……便具有聲音的意識。我們吃過西瓜、豬肉、牛肉、鰻魚、柑桔、白飯……便具有其味道的意識。我們若聞過桂花、西瓜香、稻香、油漆臭、魚腥、羊羶……便具有其氣的意識。我們摸過冰塊，誤觸紅火炭、紙張、水、石頭、風吹撲面頰……便具有接觸其體的意識。

　　無形意識雖然無形，但偶而也會在夢中重現，其重現時，我們如同身受；即既往感受經驗和盤重現，重溫舊感－西瓜味的重現則滿口西瓜味，宛如正在吃西瓜。若花香的意識重現則花香撲鼻，宛如空氣中瀰漫著花香。若誦經聲重現則如其餘音還在繞樑。

　　它們的重現有時伴著心像，有時則僅出現其現象－即有時滿口西瓜味伴著吃西瓜的景象，有時則僅滿口西瓜味而不見吃西瓜的景像。有時則花香撲鼻而不見花，有時花香撲鼻也見花。有時則聽見誦經聲，也看見信眾在誦經，有時則僅餘音繞而未見信眾在誦經。其實並沒有真的在吃西瓜，也沒有花香，更沒人在誦經……，而西瓜味、花香、誦經聲等全是心靈無中生有的，只是經歷意識的還原重現，故我們把它們稱為心味、心聲心氣、心觸……好了。

　　無形意識重現的成因多由於我們在現實生活中忽然傳來爆炸
巨，或雷霆萬鈞……險些嚇破膽。或在寧靜的環境中而清靜的心情
下聞到花香。或誦經聲、機械噪音……的疲勞轟炸等情形始有此
現象。

　　無形意識的重現少之又少，一個人在一生中所見並不多，甚至
有些人一生中未見此現象的也有。

第十三章　心靈活動影像化

　　睡時的心靈活動都能影像化（心像化）出現（雖然偶而也有心味、心聲、心氣……，但都鳳毛麟角）。也就是睡時的心靈活動即是夢；因為夢不過是心像化的影子。其實心靈活動影像化也是意識影像化的一樣，也就是心靈活動影像化為帶有心靈現象的意識影像化罷了。譬如：情緒這個心靈活動影像化，其實也是意識影像化的一種，只是它是由某種情緒引起的罷了。因為其影像化的素材都源自既往生活的所見、所聞、所幹……的經歷事物，而這些經歷事物即意識。茲分述各種心靈活動影像化的情形如下。

第一節　慣性影像化

　　我們的身體若做某種動作有段時間，或感官受到刺激有段時間便產生慣性；就是不在做其動作或不在受其刺激而其動作和刺激還繼續進行著一般。

　　若那些慣性到上床就寢時還繼續未消失則必影像化成夢，其慣性若遲未消失則常纏綿整夜，一般說來慣性較重的較易影像化成夢；但也有微不足道的慣性影像化成夢的。

　　譬如：騎單車遇下坡路，凌高而下，車不用力踩而悠悠而跑，身體則舒暢無比，飄飄欲仙，若稍有一段時間，身體便產生慣性；

就是不在騎車了而身體還飄飄欲仙，若這些慣性上床就寢時還未消失則易做起身體飄飄欲仙而羽化飛往天空、遨遊天際，訪天上宮闕、見玉帝、或遊月宮見嫦娥，欣賞眾仙女歌舞獻藝。

又如：盪鞦韆、衝前拋後時高時低、身體迴腸盪氣，若時間梢久則亦產生身體飄飄欲仙的慣性，若帶著這些慣性上床就寢則睡時必做起自己已羽化能飛而飛往天邊海角或遨遊天際，甚至飛上浩瀚銀河星際世界，看盡各種奇異風光。

又如：挑擔遠行，肩膀扁擔壓著，兩腳則不斷向前邁。若這工作繼續有段時間身體也就產生了慣性，就是休息不在挑擔了；但肩上還有支扁擔壓著似地，兩腳也還老是向前邁似地，正如俗語所說：「挑擔子挑久了，就是放下不挑了而靈魂還在挑……。」

這樣的慣性也常在睡時影像化成夢－夢見自己挑著擔子走過一山又一山，一村又一村，過河涉水，一路沿途看不盡的各種景物。其慣性若不消失則挑擔遠行的夢境不會停止。

當然重大的慣性較易影像化成夢：但也有微不足道甚至微小而自己都沒感覺的慣性也會影像化成夢，此因是田於事發當時自己的心情清靜或環境清靜始有此情形，因清靜時慣性雖小卻入木三分，故能以小勝大。

第二節　刺激影像化

我們睡時的肉體或感官若受到厭迫、刺撐、受熱、挨凍、挨餓、天候變化、飢渴、窗縫送來花香、天地靈氣……刺激則都會令

睡中的心靈愉快或苦悶⋯⋯，於是心靈便產生種種活動，睡時的心
靈活動必有心像相伴（影像化）－睡時的心靈活動即是夢。

其刺激若是令人心情愉快的則其夢境也是愉快的，若其刺激令
人心情苦悶的則其夢境也是苦悶的，若天地靈氣的感受則其夢也是
吉利美夢⋯⋯。其夢境的素材都是夢者自己既往生活中的所見、所
聞、所幹⋯⋯經歷事物，也就是既往的意識。

譬如：睡時花香從窗縫送進臥室而睡中的感官有所感而心情愉
快做起遊花園看花，見滿山遍野百花怒放芬芳瀰漫或庭前桂花迎寒
笑冷滿身花團的景象，或遊山玩水陶醉其中的往事⋯⋯。

又如：睡時氣溫驟降，睡中的身體挨凍難忍，於是做起置身
在冰天雪地中凍得手足顫慄，連忙找個山洞避寒，誰知進入山洞後
發現山洞竟是口冰洞而手腳依然打顫發抖，想跑到林間撿柴生火取
暖，誰知柴枝一再點火都點不燃而身體依然呼呼發抖⋯⋯。此因當
時的感官受寒冷刺激，肉體挨凍而睡時的心靈痛苦難忍，於是產生
找個地方能脫離凍苦的心思，而這個心思即是夢。夢中雖找到了避
寒的地方；但本尊還繼續在挨凍，故又產生此處無法避寒而再找別
的地方看看⋯⋯的心思，而其心思的全部過程都影像化，挨凍的夢
境也就繼續著。

又如：置身睡覺在瀰漫天地靈氣的環境，或逢時代將遽變，天
災地難來臨前夕或霉運當頭⋯⋯時大氣中都有種祥瑞的氣體或邪惡
的氣體存在，這種氣體看不見、摸不著無色、無香、無臭、無物理
現象，無化學作用⋯⋯。我們平時不能感覺到，但睡時的感官則有
所感了，而且還能使心靈產生好惡等作用而做起各種夢境起來；大

抵祥瑞的靈氣則做起耐人尋味的好夢，邪惡戾氣則做起恐怖惡夢。

第三節　回憶影像化

　　做起回憶的夢境多由於白天（清醒生活時）的所見、所聞、所幹……經歷事物所引起，譬如：白天看見兒童們在嬉戲而晚上便夢起自己童年時在庭前嬉戲的情景。白天偶而看到釣竿，晚上竟夢見童年和同伴上河邊釣魚的往事，夢中昔日景象的河流，一草一木，河水漩渦……都歷歷在目甚至河水中流過載浮載沉的一段枝條也重現。

　　睡時的回憶本能真是萬能神通；能憶起幾十年前的鵝毛蒜皮小事物而在夢中重現，筆者牧牛期，牧歸必趕牛進條淺溪讓牛喝水、泡浴，而當牛下河時，無論牠們在泡水或在喝水我都勤加以雙手戽水，河水僅尺許深：但清澈見底而緩緩流著，河底有顆尺許方圓的大石，因它長年都沉浸水中而已一身長滿二寸長水苔，水苔則迎著緩流搖洩生姿，岸壁上則有棵桑樹和草木野花……。這些景物幾乎是天天接觸和過目的。世態滄海桑田，時光消逝如箭，那些往事已忘得一乾二淨；誰知約四十年後的有一晚竟夢中重現那些景象－岸壁上的桑樹、草木依然扶疏茂盛，我們的母牛在泡水、公牛在喝水、小牛在戲水、大石上的水苔依然不停地搖洩生姿。時光經過四十年了，毫髮般的小事物依然歷歷在目，時光真的倒流了。

　　夢中的情景、情節……也能令人見景生情，見鞍思馬而憶起往

事，憶起的往事也是夢；也就是夢生夢，回憶化成的夢與原夢在直覺上並看不出相異處。譬如：

夢見自己在過橋，隨即憶起自己以往某次在某地的過橋；但引起回憶的原夢是過橋，回憶起的夢境也是過橋，前者、後者都是正在過橋，直覺上不覺有異，非加以追蹤研究不易發覺。

又如：夢見一片曠野美景，接著則出現遍地野花怒放和花間彩蝶，這種夢境看似一體，大家都會以為：「當然曠野必有野花、蝴蝶」。但許多夢境看似一體，而其實卻由二種成因組成－前者－曠野為原夢，為另一種成因所化成，後者的野花、蝴蝶又另一種成因所化成－皆夢中回憶所化成的。也就是前者曠野與後者野花、蝶為非同時、同地所見的，而它們是夢中回憶而結合的。它們的結合天衣無縫，沒有熔接點，直覺上看不出差別，非經深入研究不知夢境有此奧秘。

第四節　情緒影像化

我們白天（清醒生活時）所受的遭遇產生的情緒若至上床就寢時還滯留未消則睡中其情緒必影像化成夢，而所做的夢境性質必與其情緒的性質類似；就是悲情所化成的夢境也是悲情，狂歡情緒化成的夢境也是狂歡，惻隱的情緒化成的夢境也是惻隱的……。

情緒影像化的素材都為夢者既往生活的所見、所聞、所幹……的經歷事物的意識。睡時的情緒引起心靈活動，睡時的心靈活動即是夢。

譬如：白天因球賽大勝而大夥歡呼狂歡，晚上竟做起飲酒狂歡或歌舞狂歡，或登上目的地而歡呼……。其景象、形態雖不盡相同，但其性質則一定相同，即常被同性質的事物取代。

又如：路過看到路邊有個苦孤的孩子在啼飢號寒而起了惻隱之心，晚上則常夢起一隻無主野犬重傷倒地無人理而痛苦哀號的畫面，或夢見一隻野鳥血淋淋墜落地上，或夢見自己親人大病奄奄一息……。

傷心事，傷透了心的幾乎必夢，而所見的都是凶手，強盜殺人支解血淋淋的畫面，或見人家在宰殺動物，某人死亡、送葬行列……悲寂、恐怖場面。

第五節　聯想、想像影像化

夢中的景象、情節、氣氛都會令人見景生情，見鞍思馬而生起聯想，想像的心靈活動，睡時的聯想，想像都以全程影像化（心像化）表現，也就是說睡時的聯想，想像即是夢境。

聯想，想像其實為一體，為一家人－想像不過為多幕聯想拼湊成而成的，帶有些名堂的世界，想像可謂聯想。夢境有不少為聯想，想像化成的，不過我們辨別不易，也罕少有人加以辨別－以為夢就是夢，都胡說八道。

聯想，想像的夢境的產生；有的是由於白天所見、所聞、所幹……的事物留下深刻印象而在睡時由它而聯想起的，有的則由夢中景象因見景生情而引起的，有的則由於白天聽人家說故事產生的

想像在睡時和盤托出重現的。

譬如：夢見自己和張三在聊天，常常聊著聊著，竟變成和李四聊著、聊著。這是由於夢者曾與張三聊天過，也曾與李四聊天過，兩者的情景類似而引起類似聯想而成。又有夢見一條農路，接著則見一片果樹園，園裡果樹排排井然林立，每棵樹都結實纍纍，還見好幾個男女工人在工作，果園主人親切地帶夢者四處參觀……。這是夢中想像，它由許多夢中聯想拼湊而成。

夢中聯想都為真事和盤托出；因為聯想是事實關係。想像則由於它是由許多聯想拼湊而成，故與事實已有了距離，而為心靈創造的世界。

意識、情緒、回憶……都有類此夢生夢的情形，只是其成因為不同的心靈現象引起罷了。

第六節　嚮往影像化

我們若聽人家津津樂道他看過的地方、他住過的地方、工作的地方……，人們友善博愛、物產豐隆，風景多美……便無限嚮往而常根據人家的描述產生種種想像；以為那邊的人們平等博愛，錦衣玉食，無憂無慮，美女如仙，處處花開……，又因心裡愛極而不禁想像編織起自己置身那邊世界，其想像的世界愈想愈美滿而終成十全十美的天堂世界，人的心靈至此境界不化成夢也難，於是夢見自己置身在那邊的天堂世界，於是夢見自己置身在那邊的天堂世界作種種旅遊活動……果然那邊的世界美如仙境，所見的行人個個錦

衣文雅笑臉迎人，林立的商場家家貨色琳瑯滿目……。夢裡如同身受，夢者如願以償地置身所嚮往的世界，其喜難以言喻。

　　例如：鄉裡有個老人，老來貧窮孤寂，常嘆人生寂寞無聊……，有天聽到人家說天堂世界的故事謂：天上宮闕瓊樓玉宇，金雕玉琢，金碧輝煌，到處金山、寶山，遍地珍珠瑪瑙……。那裡的人們平等博愛，無憂無慮，夜夜笙歌，主事的玉皇爺爺仁民慈祥……。而致引起他無限嚮往；以為活在地球上思恩怨怨、是是非非，還得受老病的折磨－什麼榮華富貴我都不屑，我只盼平淡之事，與世無爭的生活……，他日思慕想，想像裡不斷編織天上世界的景象，天上的景象在他的腦海裡愈編愈精緻、愈美妙，已十全十美，人的嚮往至此地步不成夢也難。有晚竟夢起悠遊天上世界，果然天上世界瓊樓玉宇、金雕玉琢、金碧輝煌，那些人們夜夜笙歌……，還晉見玉皇，目睹玉皇相貌堂堂，氣宇不凡，和藹慈祥，他喜出望外。

　　他夢醒喜不自勝，因夢境逼真如同身受，其樂歷久不消，逢人便常描述他所見的天堂世界。雖然有人譏為痴人說夢，但他仍然樂此不疲。

第七節　憧憬影像化

　　人人都有希望、理想、幻想、志向……人生都靠希望……度日，人對某事物若愛到極點，常熱血澎湃，情不自禁而心裡不斷編織起憧憬世界，其中，實際的、無實際的、可行的、不可行、有意

思的、無意思的……，渾然一起，幾乎為幻想，胡思亂想而經一再雕琢補充，經成十全十美的如意世界，雖是空中樓閣，虛幻不實；但一旦瓜熟蒂落則不化成夢境也難。

憧憬世界全以想像織成，想像為超時空、超物質的，它再完美、再如意、再神通都可能，故憧憬世界在夢裡宛如天上－應有盡有，完美無缺，夢裡乞丐能當皇帝，癩蛤蟆能吃天鵝肉，窮人能住黃金屋……。

我們憧憬的世界在夢裡都能和盤托出，夢者都能如願以償，令人陶醉而夢醒總有成功的滿足感。

第八節　思戀影像化

我們對喜愛的人、事、物、地都會思戀和懷念，尤其兒女私情，青春男女熱情奔放，一旦鍾情心裡便洶湧澎湃，編織起美夢，其美夢常一瀉千里，無邊無際不能自已，有的是實際的，有的是不實際的，但這編織的世界終美不勝收，一旦瓜熟蒂落不化成夢也難，多夢見和情人出雙入對，花前月下，情話綿綿……而終成眷屬。

人們單戀的愛情司空見慣，單戀不少為癩蛤蟆想吃天鵝肉或落花有意流水無情的；但望而不可及倒其想像更豐沛泉湧而織起愛情世界。編織的愛情世界不受時空、物質、現實所限制一發無邊無際，故美不勝收，世界上見不到，享受不到的，而一旦瓜熟蒂落則必化為夢境，於是夢者在夢裡如同身受－在現實世界絕對得不到的在夢裡如願以償地實現，和所愛慕的情人和如膠似漆、情話綿綿、

難分難捨。夢醒雖是一場空，但獲得無比的滿足感，這個滿足感無比珍貴，因為這個滿足感在現實世界裡絕對無法得到的。

人生一天盼過一天，天天都在織夢，現實總不能給人完全滿足而人們可從夢中獲得完全滿足，獲得安慰，滋潤枯燥單調的生命，或許造物者對人們感到有所虧欠而在夢中補償人們的。

第九節　心思影像化

吾人在睡時，心靈本能的神通廣大了，不但心靈本能銳敏如神，更增生許多新本能－清醒生活時不能感覺的事物睡時能感覺，清醒生活時所沒有的智力睡時有。

睡時的心思能點石成金，此為睡時增生的一種新本能，睡時的心思以為口袋裡有錢－三百元，取出時果然是錢且三百元。我們若夢見自己在吃飯，若要吃飯而碗中早已一堆飯在等候。我們想騎馬便伸手有馬牽。想坐下則下面必有椅。想脫帽則頭上必有帽⋯⋯。一切事物，動作都如自己意。

不少夢境為由心思所化成的，而我們都渾然不覺，因為直覺上難以分別，睡時的心思即夢境，夢境即心思的過程。清醒生活時的心思僅在腦際裡運轉，而睡時的心思則似乎不在腦際運轉，而完全以影像表現，彷彿一般動物的生活，一切行動都未經思考，而行動即其心思。

夢境中的人物談話的語句和措詞多是自己（夢者）的心聲，看似人家在講話，其實都是夢者講的話，甚至外界的景物，飛禽走

獸，人物的變化，動態多是多是夢者自己的心思化成。

心思影像化與意識影像化看似一樣，其實有分別，例如：夢見自己正在走路，腳踩到那裡路面便擺在那裡，隨便踩都有路面，這是意識的影像化，它不帶心思。

第十節　靈智影像化

睡時夜闌人靜，萬籟俱寂，感官和心靈都清靜少受外界干擾，於是心靈本能便發揮得淋璃盡致，故高明睿智，萬能神通，事事先知先覺，可為我們的明師和守護神。

我們的事物經驗零零碎碎，日積月累而在心底裡不斷醞釀醱酵、融合、結晶，有日瓜熟蒂落便影像化成夢示現，夢者便從夢中景象結構中獲得提示而融會貫通。

一個苦思不解的問題，或某種技術瓶頸一再苦思都無法突破，或四面楚歌，生死關頭無法突圍解危……常常由一場夢的提示而恍然大悟，問題迎刃而解，危機解除。

由於睡時心靈銳敏如神，事事春江水暖鴨先知，凡事睡時的心靈都能先發覺，而影像化為夢境，經夢境的提示霎時一陣靈感，問題撥雲見日矣。

靈智影像化幾乎常事，有的長篇大論，有的僅一段落，有的竟只剎那畫面，從其景象、情節……的結構或許可看出所預示的事態端倪，只是我們不知它們管用而不加以留意，千古這個無數的智慧瑰寶全部白白付之東流。

第十一節　天地靈氣、戾氣影像化

我們睡時的感官和觸覺實成為一個超精密的乾坤儀器，風雲變色、天災大難、世亂興替、個人運數、土地瑞惡……天地間都會產生一種氣，其氣看不見、摸不著、無色、無味、無嗅、沒有化學成份、沒有物理現象，清醒生活時的感官根本不知不覺；但睡時則有所感了，且反映於心靈而產生心靈活動，睡時的心靈活動即是夢。

大抵正面的事態：如個人的事業將如日中天，國人將過太平日子，地方將有令人振奮的大事，家有喜事……，都做好夢：如天降甘霖，故人忽然來訪，暢遊世外桃源，見神見佛……，而素材都是夢者既往生活經驗。

大抵負面的世態：如天將降大難於人間，兵災世亂、事業潰敗、家庭衰運……都做惡夢：如見妖魔鬼邪、山崩地裂、盜匪殺人濺血、某人死亡、滿目瘡痍……的夢境，而其素材都是夢者既往的生活經驗。

常關心天下大事的人士則當天降巨災，天下大亂，國家社會的變遷……前夕，常見一種預兆事態的奇夢。筆者在二○○○年台灣大選時，因十分關心而在投票前夕夢見一般奇夢－見一大片汪洋，水緩緩流著，汪洋中一邊是混水，一邊是清水，而混水佔去大部份，清水卻僅一少部份，筆者認為汪洋中的混水象徵綠營，清水象徵藍營，由此象徵我們可看出何方出線了，結果如夢中所示。

此也是世態變幻而天地間產生的一種氣，而睡時銳敏如神的感官有所感觸而反映化成的。

第十二節　胡思亂想影像化

　　人們的精神若受到嚴重打擊致崩潰或肉體感官受到繁雜不輟的外來刺激，身體官能障礙……都會弄致心靈煩亂，心思雜亂無章：例如疾病發熱過頭，噪音疲勞轟炸、酷寒、酷熱的煎熬、飢渴難忍、大難臨頭……都會出現頭暈天轉地轉、天搖地動、房屋倒置、天花亂墜、牛頭馬嘴、有人要殺我……幻想。

　　幻想也是個心思，也是種心靈現象的活動，因睡時的心靈活動即是夢，故那些胡思亂想都能影像化成夢。雖然夢境宛如走馬燈或光怪陸離，但萬變不離其宗，必有其成因、具夢理、有邏輯，可從中追究夢源的蛛絲馬跡，或可發現天候將變化，身體不舒服的所在。醫書裡所謂：「肝實夢山林，肝虛夢細草。腎實夢腰重、腎虛夢涉水。脾實夢歌樂、脾虛夢爭食……。」即其一班，胡思亂想的夢境我們不屑厭惡；但有時竟有意義或管用。

第十四章　還原

我們白天（清醒生活時）的所見、所聞、所幹……經歷過程的事物情景、感情……在睡時重現成夢，而且其景象情節……都與原貌相似，此現象即為還原，還原雖不常見；但夢裡確有此情形。

第一節　鵲巢鳩佔

凡是強大得嚇人，時間新近，十分吸引人，印象深刻……，事物在我們心靈裡最為強烈，強勢的事物在我們腦際裡常停滯而揮也揮不去，總是徘徊不離，當我們睡眠時它們仍捷足先登，甚至心底裡許多事物在排隊等候重現成夢而它們卻把它們一腳踢開而強行插隊佔盡便宜，宛如人類社會，守法守矩者苦苦排隊良久等候辦事而有些無理橫霸者則強行插隊佔盡便宜，弄至場面混亂。

如下情形較易產生強勢心靈現象：大得嚇人的事物，令人注意力集中的事物，喜愛極點之事物……印象十分深刻的事物。由於印象深刻，注意力集中故對事物的認識也無微不至，故它們在夢裡都原貌和盤托出。

什麼再強勢的事物均離不開時間磨損，時間一增便成強弩之末，故強勢還原都在事發當日或近日重現，一旦時間一增便難見此現象了，縱然重現也不這麼橫蠻，也失去原貌了。

第二節　寫真還原

　　夢者在生活中的所見、所聞、所幹、所感……的事物、人物、感情……在睡時原貌重現，而且精細入微，宛如攝影中的特寫鏡頭，譬如，見蜜蜂採花；當其在睡時重現時可見其花蕊、花粉、蜜蜂的眼、嘴、腳……，還可聞其花香呢。若見老人正在嘻笑的臉而在睡時重現則可見其老掉牙、眉毛、縐紋……。

　　產生此類夢境的原因多由於其事物……，極吸引人，或見物時注意力聚焦於某一部位……始有此現象，加以睡時的心靈銳敏如神；縱然見物當時視若無睹，見而不覺；但在睡時重現時仍然清晰入微。

　　這類夢境多在見物……當日或近日重現成夢，若時間稍久便再也沒有這種情形。這種夢境也是稀有夢境，不多見，不知何時始偶然出現；但人人都可能，只是不加留意，以為夢就是夢，哪有什麼寫真還原的夢境。

　　七情方面亦有此現象，無論其情的大小，若事發當時的環境單純清靜，主人的心情單純無雜……或有類此原版重現的情形，譬如：有人在身後忽然拍下肩膀的一楞……這樣的小小感情有時亦能在睡時依樣葫蘆出現。

第十五章　星火燎原

有人抽開抽屜偶而與裡面的一塊金閃閃的硬幣照面，而晚上便夢見路邊撒滿金閃發光的硬幣，他喜出望外，猛然地一撿再撿，一再撿都撿之不竭，他邊撿邊想，怎麼以前沒想過路邊有這麼多錢可撿？我今後窮根完全斷了……。

這個視若無睹的小小事物竟然演化成一個美妙的世界；看似奇妙，但是它們是我們常見的現象，只是我們沒想像及此罷了。它們並非空穴來風，必有其成因脈絡，夢者偶見小小事物而見而不覺；但事後其腦際裡卻不禁有意無意地憶起以前見錢的往事和種種想像，而晚上則其所回憶的往事和其想像世界便和盤托出影像化成夢。

見硬幣而能做起遍地金錢的夢，是因夢者以前必曾見過地面上散落硬幣和或在電視，電影看過硬幣散落滿地的畫面的經驗，於是當偶而看見閃閃發光的硬幣便不禁憶起那些往事和進行種種想像，而當睡眠時那些回憶和想像的世界便乘機影像化重現成夢。

也有人白天偶而目睹注射筒而晚上竟做起上醫院看病和醫生談病情，受護士照顧……夢境。此亦是目睹注射筒後產生其回憶和種種想像所致。

我們天天無時無刻都和事物接觸，也生起種種感情，其數宛如天上星星，恆河沙數；但不知何時始見一次如此星火燎原般的夢境；其實常事，只是有些因它們出現的時間太短暫，不成氣候，我們不易發覺罷了。

第十六章　同化作用

近朱者赤、近墨者黑，事物如此，人類社會如此，夢境亦如此。我們的一天生活中，也走直路，也走彎路，而晚上則常夢見自己正走半彎不直的路。這就是說，我們生活中的所見、所聞、所幹、感情、各種意識……在心靈裡互相影響、感染、同化……作用後以別有的姿態在夢裡重現，宛如一立溫度10℃的清水注入等量溫度20℃的水而水溫便平均為15℃的情形一樣。

二種以上的事物，或感情、意識……彼此同化後，當在夢裡重現時已變了形狀，變了顏色，感情雜沓不純，意識則混亂不明……等。

因為我們的所見、所聞、所幹……的事物、或意識、感情等在心底裡重重疊疊，密密麻麻擠在一起宛若社會染缸，想離群索居保持純潔萬萬不可能。

譬如：成天映進眼簾的大都冒頭的竹筍和各型人臉則睡時易夢見到處所見的人都呈尖頭。不但疲勞轟炸的見聞易出現同化作用的夢境，甚至微不足道的小事有時也有同化作用的夢境；有人目擊腳腿負重傷的一隻狗舉目無親，可憐地在街道上踽踽跛行。雖然不過一瞥的事物，但偶然也會生起同化作用而做起類似的夢境。

若是感情，意識等它們同類產生同化作用；雖然它們的根源都是事實；但經同化後便不自然，看不出意思了。不少夢境由同化作用而成，日常事實若經同化作用便大異其趣了，甚至荒唐無稽，許多人們對夢境不屑原因即在此。

第十七章　清醒生活時的心靈　與睡時的心靈

我們的感官在清醒生活時未曾分秒不受到外界事物的干擾影響，我們的感官受到刺激便必起反應而引起心靈活動。外界的刺激不斷而心靈活動便龐雜，於是心靈本能便難以發揮到淋漓盡致，甚至感官對外界事物有的視若無睹，感而不覺。總之我們清醒生活時的感官和心靈並非本質上較差而是對外面的事物應接不暇而遲鈍起來的。

清醒生活時的心靈也有長處；此時我們能駕馭思考而把事物深入研究，優先解決較重要的事物，做自己興趣的事物……我們運用自如。

睡時則因夜闌人靜，萬籟俱寂，外來的干擾刺激已減至最低，於是感官和天賦心靈本能發揮至淋漓盡致－清醒生活時感官無法感覺的微塵小事物，看不見摸不著的天地靈氣……都可感知而反映於睡時萬能神通的心靈而引起種種心靈活動，因睡時的心靈活動即是夢，故我們的禍福命運、天地狀況……可能在夢中見其端倪。清醒生活時如過眼雲煙，視若無睹，感而不覺的事物常在睡時重現而歷歷在目。睡時能憶起幾十年前的鵝毛蒜皮小事，把忘得一乾二淨的古老往事呈現眼前。深藏心底而自己根本陌生的潛意識，在睡時都能紛紛冒頭而影像化歷歷在目呈現眼前，我們陌生，不覺其存在的潛意識，在睡時可見其盧山真面目了。睡時的心靈真是先知先覺。

　　睡時的心靈和感官雖是先知先覺，銳敏如神；但亦有缺憾，它
們缺乏思考，不能駕馭思考，它們的進行發展都是直覺、分裂，彼
此連鎖反應……，沒加工的自然現象。

第十八章　夢境類型

　　夢境的型態都由於夢者在清醒生活的所見、所聞、所幹……的感官刺激的強弱、長短、注意力……和睡時所處環境的各種外來刺激長短、強弱……和心靈反應情形……，而致夢境有長短、一貫、雜亂……相異情形。

第一節　短暫型

　　有的夢境一閃即失，有的則連續幾幕便後繼無力了，這種現象多在熟睡之末而臨醒時出現，其實，熟睡亦有零星短暫的夢境出現而只是旋即忘得一乾二淨罷了。

　　其畫面雖然獨一或寥寥無幾，甚至有感無形，但萬象萬物都可能藉此出現，例如：光線、聲音、香臭氣、食物滋味……無形意識都以短暫的姿態出現。

　　我們日常忙碌奔波，而常對碰遇的事物走馬看花，如過眼雲煙，感而不覺，無心注意……以致所見、所聞……事物在睡時重現時畫面……朦朧，或僅出現其一小部份的，例如睡出現一座青山、一張陌生臉乳、一隻鳥從眼前迅速飛過，天上一架飛機正在丟炸彈……片刻消失沒下文。

　　睡時所處環境的短暫刺激：如幾陣寒風從窗戶吹進臥室，幾陣

花香從窗戶吹進臥室，一陣噪音或巨響隨發隨止……而感官受到短暫刺激而心靈起了短暫反應，於是出現片刻的畫面。

我們的感情（七情）亦有在睡時短暫重現的情形，例如：白天在走路時不留意險些踩及空洞而驚嚇一怔的微小感情偶而也會睡時重現，其現也不過一剎那時間。

第二節　雜沓型

白天奔走忙碌，對所見、所聞、所幹……經歷事務宛如看走馬燈一般，沒時間細看、記憶、也沒感想、一個未過而又接著一個，目不暇給，但睡時則樹欲靜風不止，餘波盪漾，而重現成夢。其畫面常上幕青山，下幕則一片海洋，接著又飛機、船艦、一棵樹，叫賣的攤販……彼此毫無關連，雖是連綿一長串卻像垃圾堆，少有表示意義。

睡時周遭環境，氣候變化不斷刺激感官；如睡時忽一陣花香、一陣臭氣、寒風一陣、熱風一陣、噪音、樂音也來，一陣光，一陣暗……，周遭環境的事物繁雜，而紛紛刺激感官，感官一一反應，因而感官的反應必引起心靈活動，睡時的心靈活動即是夢，於是夢境變成雜沓型的了。

睡時胡思亂想；胡思亂想亦是心靈活動之一種，而且必然化成夢，胡思亂想所想的事物無一工整、清晰、真實、有意思的；但也不會很快消失，胡思亂想的總是亂七八糟，天花亂墜、鬼魅魍魎，卻煩人一長串。

身體臟腑運行不暢，睡時這裡痛、那裡痛，這裡癢那裡癢……，這樣也會令人心煩難受；而一邊又在熟睡，因此也做起夢來，其夢亦亂七八糟，甚至有時連綿整夜。

第三節　一貫型

夢境的畫面一幕幕一直綿延好長，而且上下首尾脈絡相連、合乎自然、現實、邏輯……彷彿現實世界，夢者如同身受。

其成因多由於我們對理想志向、憧憬、嚮往……強烈期待，人人都有志向、慾望，一旦熱中，常情不自禁地心思洶湧澎湃欲罷不能。雖然有些實際，有些不實際；但時久將編成一個心裡盼望的十全十美世界，宛如天上，應有盡有的世界，編織的世界一旦瓜熟蒂落則必化成夢，此時也，過去朝思暮想的理想世界，如願以償地呈現眼前，且置身其中，其歡愉之情實難以形容。

夢中所呈現的理想世界都是自己過去心思所編織的理想世界的影像化重現，其進行過程也是心思所編織的過程；在睡時銳敏如神的心靈加持下維妙維肖。

較重大的身體慣性亦能做起長篇累牘合乎自然的夢境，如：挑擔遠行或長途跑步……都能令人產生雙腳老是向前邁的身體慣性，而睡時便做起挑擔遠行，走過一村又一村，一山又一山，或不斷地跑路，跑不停的腳、跑不完的路，若其慣性不消失，趕路的夢也不停。

意識模式影像化成的夢境多為長篇累牘，且與事實一樣具有理

路和脈絡－我們的心底不是藏著量如恆河沙數的潛意識嗎？每一種
意識都有其模式。

例如：坐火車的意識模式為：趕往火車站、購票、候車、搭
上火車、沿途阡陌縱橫、到站下車……，我們若偶而做起坐火車的
夢則常從趕往車站、購票……至到站下車，澈頭澈尾，宛若一篇遊
記，令人回味無窮。意識都有模式：有的靜態的、有的動態的－西
瓜的意識模式為圓圓有花紋、甘蔗的意識模式為長長有節、有尾、
有頭……。動態的意識模式，如吃飯、洗澡、上戲院看戲……，都
有其模式。事物的意識模式都會影像化而整體完全出現的情形。

意識模式常有被其他事物鵲巢鳩佔，而取代的情形，例如：坐
火車的模式常被坐公車取代，一樣上車站購票、候車、搭車，而所
搭的車竟是公車而非火車……等等。許多事物都如此，可類推

第十九章　夢境結構

　　夢境是由一幕幕、一段段的畫面構成，若一幕幕、一段段的畫面連綿好長，且具有一貫性、脈絡相連、或上下同一性質，則成為一場長夢。每一幕畫面都有其不同結構，其素材都是夢者自己在生活上的所見、所聞、所幹、所感、所思的事物組合而成。

第一節　一幕畫面的結構

　　夢境的一幕畫面正如一幅畫或一幀照片一樣，有的為原貌和盤托出，有的為夢者東鱗西爪的經驗片斷在睡時巧奪天工的匠心獨運下的拼綴圖，故夢境中的每一幕畫面有的是事物的寫真，有的是睡時心靈活動的影像化畫面，如：夢中聯想、夢中想像、回憶、身體慣性、感情、情緒、意識……所化成，不過其素材仍是夢者現實生活中得來的經驗片斷。茲分述於下：

　　一、寫真型結構

　　就是一幕畫面中的事物為生活中所見的事物的原貌重現，事物畫面完全與原貌相同，且更為入微清晰。有的為生活中所見的某種事物整體都重現，有的則僅其局部出現。

　　二、牛頭馬嘴型

　　一幕畫面的事物由我們生活中所見的二種以上的事物的各部結

合而成，而致畫面光怪陸離或成四不像的世界。

　　夢中我們常見友人、親戚、或陌生人……，殊不知他們的身體為我生活中所見的人的身體的部份結合而成的，夢中的人物常常其顏面是張三的，而身軀和衣著卻是李四的，生此怪現象的成因為：在生活中看到張三時其注意力集中於顏臉部，見到李四時其注意力卻集中於身軀部份，當睡眠時其注意力集中的各部份便結合一起而以另一種面目和姿態重現。

　　有人夢見牛頭犀身的怪獸正在原野上大快朵頤，此並非鬼怪而乃是我們生活中所見事物合成品，夢者一定曾在電視看過犀牛巨大結實的軀體，還曾欣常牛兒在草原上大快朵頤……，而睡眠時兩者的吸引人的部份便結合創造別有的景象。

　　夢境中這種怪現象可不少；我們若夢見怪獸便立即產生疑問；因為現實世界裡未見過這種動物。我們若夢見合成的景物或人物則不易發覺了，因為它他不易顯出異樣，世界的景物林林總總，變化無窮，誰能一一記得？夢就是夢，誰有認清到那裡。夢中人物也一樣，人總是注意其中臉龐，誰會注意到其身軀？若其臉龐是張三的便以為夢見張三。

　　三、意識圖

　　我們睡時，若心裡有某種意識就有某種意識圖（畫面）出現，即所謂的意識影像化也。如心裡有狗的意識就有狗出現，若心裡有人在唱歌的意識就有人在唱歌的畫面。

　　譬如：我們睡時心裡有西瓜的意識就出現西瓜，可見一個圓圓的西瓜，整體長有條紋，一根蒂……，因為我們早有：西瓜是圓圓

的、整體長有條紋、有根蒂……的意識。意識一旦影像化都整體和盤托出。以上是西瓜的普通意識影像化，共同性的。若西瓜出現在一張盤子上，或一張桌子上或櫥架上……則為專有意識所化的了，這個西瓜必是夢者在生活上所見的某時、某地、某場所擺放的西瓜的景象；具專有性質，獨一無二，世界上絕對找不到和它完全同樣的畫面。專有意識的畫面是事實的重現。

睡時若有走路的意識則必見雙腳在一片路面上邁進的畫面，因為我們早有走路為腳踩路面的意識，故當其影像化時，人體、雙腳、路面……都出現。若畫面中的路面上出現一張廢紙，或一個鵝卵石……則為專有意識所化了，因為路面不是一定有紙瑣或卵石……的，此只是偶而現象，是特有的現象，我們的一切事物意識都有此種情形。

廣義說來：夢中的感情、情緒、回憶、聯想、想像、慣性、心思……所影像化的畫面，每一幕多是意識圖；因為它們都是意識的一種，它們影像化的素材都來自夢者在生活上的所見、所聞、所幹、所感……事物。（參閱第二篇第二章第九節和第二十一章）

四、同類結合

經歷事物在睡中重現時，最易同類結合一起，結合成的事物天衣無縫，看似與自然天成的完全一樣，且毫無怪異現象，長夢如此，短夢如此，一幕畫面亦如此。

夢中的一條牛常由幾條牛的部份結合而成的，一片景物也常由生活中見過的幾處景物合成的。一條牛或許是由張家的牛頭、李家的牛身、王家的牛腳……，湊合而成。一片景物常由某日在東邊所

見的一座山，某日在西邊所見的的一條河，某日在南邊所見的一棵樹……拼湊而成。其他世界上所有的事在夢裡都有此情形。

故夢中的汽車並不一定是真品的原貌，常是由幾部汽車的部份拼湊成的，夢中陌生人常常臉是陌生人的、身是張三的、帽子卻是李四的……。

　　同類結合在夢境中極為普遍，我們的直覺難以覺察，它天衣無縫，自然逼真，且見不到怪異現象。譬如：夢見一條牛；牛頭是張家的、牛身是李家的……，而人總以為夢見張家的牛，而誰還能認出牛身是李家的？

睡時的心靈神乎其技，祂的創作不用心思，不經時空，如神仙點石成金一般，隨意而見。

五、同性結合

今天的太陽下山、昨天的太陽下山、前天的太陽下山……都是金霞、彩霞、白雲或黑雲送下，都是一天白晝的結束。雖然伴送太陽下山的天色、雲彩……不同，而其性質則相同。因為其性質相同，當我們在睡時，常常由各日的日落情景的某一部份，部份結合為一幕畫面。

雞打架、鴨打架、狗打架、人打架……，雖不同種類的動物；但性質則相同－同是打鬥爭雄。因其性質相同而在睡時常常由其各部份結合成一幕出乎真實的一幕畫面－或許出現雞在打架，一邊則狗在打架或鴨在打架而背景則某日人在打架時的背景……。

張家的客廳、李家的客廳、王家的客廳……，而其傢俱不同、佈置不同、空間不同……，但其性質卻相同－同是待客場所，其情

質相同。因其性質相同而我們可在夢裡見到一間客廳而裡面擺設似張家的，又似李家的，又似王家的；總之它是三家綜合的。

我們睡時的心靈本能萬能如神，巧奪天工能把同性質的不同時，不同地見過的事物，以其東鱗西瓜的部份拼湊成合乎自然，唯妙唯肖的一個新世界，我們不易覺察它是合成品，而且其塑造過程不受時間空間限制，隨意而出現。

同性又同類的事物更易結合，譬如：今天所見的雞打架，昨天所見的雞打架，前天所見的雞打架……，因牠們都是在打架－同性，又因為牠們都是雞－同類，故更易結合，牠們結合起來，我們更不易覺察出其原來真相。

六、想像圖

我們聽到人家講故事或描述人物、動物、景物……時，多會令人神往，腦際裡則出現一片圖像，此即想像圖。夢裡的想像圖都是我們睡時所聯想起的所見、所聞、所幹……經歷事物的結合，也是聯想的堆積。

想像圖在我們生活時似有似無，當我們神往發呆時浮現腦際；但若想加以細看便消失無蹤，極不穩定；但睡時的想像圖即是夢境，一幕幕像電影一般，雖然是一片幻象；我們可見其具體景像，能留下印象和記憶。其畫面唯妙唯肖，宛若天成，幕幕都是一幅名畫。

夢中想像多由夢中見景而聯想起的，譬如：我們的身體飄飄欲仙的慣性易化成身體輕飄飄而飛上天的夢境，飛上天了，眼見緲緲天際不禁聯想起天上宮闕、神仙、仙女、縈繞雲氣……拼綴成的想

像圖，那些瓊樓玉宇、眾仙、雲氣……，都是在生活中所見的關於
天上世界的圖畫經聯想重現而成的。

第二節　一段型結構

　　畫面二幕以上乃至數幕、十多幕……，而其表達的只是事態的
片斷，不過其首尾多一貫性，派絡相連。這種夢境極為普遍，常常
一段接一段綿延一整夜；不過一段與一段之間彼此的結構或意義都
毫無關連，只是個混雜的組合。

　　做成片斷型夢境的原因很多：有的是我們在生活中的所見、所
聞、所幹、所感……的時間短促，未竟全功，或當時的注意力有始
無終……。觀察注意僅是片段則其入心的部份僅是片段，成夢的也
僅是片段。

　　睡時環境的各種情況刺激身體感官大都短暫的，刺激短暫，化
成的夢境也短暫，譬如：花香從窗口透進，刺激睡者的嗅覺；但外
面風向一轉，香氣也不透進來了。氣溫也常驟變，天氣一驟變，天
氣一變，夢境也改變。室外喧囂也不會永不終止的，噪音一止，煩
人的夢也隨著終止……。

　　夢中的聯想、想像、回憶、身體慣性、感情、情緒……多因其
能量無法後繼而片刻消失。

　　譬如：因夢中見景生情而憶起童年上河邊釣魚的往事；但夢中
只見荷起釣竿和釣友興高彩烈從家裡出發的情景或蹲在河邊垂釣，
河水悠悠的情景。因這些畫在他的印象裡較深刻，其中的，如唱著
凱歌而回家的不深刻景象都因時間久遠而淡忘了。

第三節　長夢結構

　　所謂長夢為其畫面連續一長串，且具有整體性，上下脈絡相連⋯⋯，一幕幕相連一長串，而上下的素材形態雖然不同，但其性質卻首尾上下同一主題⋯⋯也算一長夢，如憂愁情緒化成的長夢，雖然形狀不同，但其性質卻不離憂愁。若一段段連續一長串；但前後上下彼此並無相關連⋯⋯，雖然夢境連綿一長夜，但不算長夢。其成因多由於如下條件：

　　一、情緒難解⋯

　　我們生活中所受種種刺激所產生情緒常抑鬱不解，甚至就寢時還不消失，於是化起夢來，其夢常一夜纏綿，其景象總是離不開其情緒的性質而打轉，其素材雖不同，其主題則共同，譬如：憂愁傷了心或驚恐傷了心的情緒，常一夜夢見強盜殺人，有人在殺豬、殺狗，人家死亡，刀光劍影⋯⋯，其畫面的素材雖不同；但它們都恐佈畫面。

　　二、刺激不止

　　我們睡時的環境常有種種情況刺激感官，如花香從窗口透進而刺激睡中銳敏的嗅覺、或忽然高溫、或忽然寒冷等刺激肉體、或環境中的天地靈氣、邪氣等的刺激感官、肉體傷痛⋯⋯。其刺激若不停止則也必做起長夢。

　　譬如：睡時飢渴，人又在熟睡中而身體其刺激難忍則必做起到處找水解渴，街角找麵攤⋯⋯。由於意識作用，有某種慾望就有某種景像，故找水、找食的過程中必見廚房角落、電鍋、碗筷等餐器

具，街頭路角、麵攤、山泉、河流…，那些景物都是夢者既往生活中的種種所見、所聞、所幹……事物的重現或夢中想像的畫面。

睡中收音機不斷放送悅耳音樂，令睡者心情愉快，於是必做起美夢；其景象都是悅目爽心的事物，雖然其題材不同而性質卻同是歡欣愉快的。

三、身體慣性

我們的身體若做某種動作繼續一段時間便產生一種身體慣性，若在睡時其慣性尚未消失則多能影像化為夢，若其慣性較沉重者常常長夢纏綿整夜。

譬如：騎單車逢下波路，雙腳不用踩而車子則悠悠而跑，身體則舒暢無比而飄飄欲仙。盪鞦韆運動，凌空推前拋後，盪上跌低，迴腸盪肺……亦能產生飄飄欲仙的慣性而睡時便最易化成羽化成仙邀遊天際，飛到天邊海角，或飛上天闕見玉皇、會眾仙……的夢境。夢境的素材都是從銀幕、螢幕裡……所見，或聽故事後想像的世界……結合而成，其主題總不離自己羽化成仙而邀遊天際和仙境。

挑擔遠行、長途跑步……都能產生沈重的身體慣性，而睡時多能化成長夢，其夢總見挑擔跋涉，或總見跑不盡的長路，其過橋涉水、沿途景物……都是生活中所見的事物組合重現的。

四、意識模式

我們生活中所見、所聞、所幹……的經歷事物都會成為我們的意識。每一種意識都有其模式，物體方面的有形態模式，動態方面的有動態模式。夢境幾乎全是意識影像化，意識影像化的過程若沒受到其他事物干擾則多能整體模式出現。

　　譬如：西瓜；它是物體的，其形態模式為：圓圓、瓜皮光滑、遍身有條紋，有根彎蒂……，若睡時沒受到其他事物干擾則都整個模式影像化呈現。

　　我們開動汽車的過程是動態的－開鎖、發動機器、入檔、加油、行車等，這是我們開車的意識模式，我們睡時，它若影像化而又沒受到其他事物干擾則其模式從頭到尾整體出現。

　　我們走路也是動態的，為兩腳接力向前邁，而踩在長遠走不完的路面上……模式，它若是在睡時影像化重現則多能按其模式進行。

　　事態的意識模式有長有短，有的僅短短幾幕，有的則長篇累牘。例如：坐火車旅行、割稻、種田……的模式較長，洗臉、洗澡、刷牙、吃飯……模式就不會長了。

　　筆者有個朋友曾夢過當起其朋友的伴郎而到大陸迎親其一切禮教和場面都如我們的婚禮模式進行－新郎古式裝扮騎馬、女家的歡迎場面、新郎新娘拜女家的祖宗、新郎、伴郎在客廳接受招待……迎親的過程一覽無遺，它們都是既往生活中不同地、不同時、不同場面或電視上……所見到的景象綴合起來的。它雖是東鱗西爪熔接起來的；但由於意識模式的鬼斧神工下宛若整體一貫的真實世界。

　　這是一場長夢能纏綿整夜。

第二十章　夢境進行

　　夢境的發展宛如電影，一幕幕進行而以至成段成場，雖然各種夢境都是幕幕地進行，具有其類型；有的由同類事物連綴進行，有的由同性的事物連綴進行，有些則雜亂無章宛如垃圾的堆積，有的則自然真實，具一貫性、整體性。

第一節　同類事物進行

　　同類事物最常在夢裡連綴發展而成一段夢或一場夢。

　　假如偶而夢起開車則常繼續進行開車的景像一段時間，而它的素材都是同類；既往自己開車趕路的景象綴合進行的。雖然那些景象為我們既往生活時的不同時、不同地的開車經歷過程，其發生的時間有的昨日、有些是前日，甚至幾年前的也有。其結構多不太自然，脈絡不明顯，而卻是一群同類事物的結合。

　　情緒影像化的夢境都是同類情緒的各種情景結合連綴進行的，譬如：睡時的情緒是憂愁的，則所化成的夢境都是愁雲慘霧的景象。那些夢裡景象都是夢者既往生活中所見所聞的悲傷景象或自己遭遇的悲慘景象……的零碎結合進行的。雖然其結構進行不太自然，脈絡不明顯：但其組成份子卻同是愁雲慘霧的景象－同類。

　　身體慣性所化的夢境也是同類事物結合進行而成，譬如：挑擔遠行產生的身體慣性所化成的夢境；只見自己挑擔趕路、走過一村又一村、一山又一山，過橋涉河，沿途百變的景物……。雖然景物不同，類型卻相同－都是挑擔遠行所見的景物和情況。

第二節　同性事物進行

　　性質相同的事物容易連綴進行而成一段夢，甚至一場長夢。那些景象並非同日所見、所聞、所幹……的整個過程，而是由許多不同日子，不同地方的所見所聞……經歷事物的各零碎部份連綴成的。

　　譬如看戲：今天看戲是為娛樂，昨天觀戲也是娛樂，前天觀戲也是為娛樂，甚至幾年前的觀戲也是為娛樂，其性質都是娛樂，故我們偶而夢起看戲便有連續一段看戲的畫面，那些畫面並非單日純某日所見的一場戲，而是由許多不同日子的看戲過程的片斷連綴進行而成的。

　　我們若偶而夢起雞打架則其畫面也常連續進行一段時間，那些畫面並非同時、同地所見的一樁事態，而是不同日子，不同場面所見的雞打架的景象連續進行而成的，因為它們性質相同結合一起的。夢起雞打架，偶而也會連續出現狗打架、貓打架、人打架……場面；因為它們的性質相同，物以類聚。

　　事物又有既同類又同性質的；同類又同性的事物更能連綴進行，例如趕路；今日自己孤單獨行，昨日和同學結伴上學，前天牽

牛趕路，大前天帶孩子上市場……，此走路的同是人，腳下所踩的又同是路面－同類。今天是趕路，昨天也是趕路，前天也是趕路－同性質。這個事物較易連綴進行起來。

情緒化成的夢境都同性質的景象連綴進行而成。譬如憂愁所化的夢境，它全是夢者自己既往生活中所遭遇的令人憂愁的事態和景象連綴起來的。

睡時的身體感官銳敏如神，能感知周遭不明顯的各種情況和風吹草動，而且傳達於心靈而做起夢；那些夢境也是由同性質的事物連綴起來的，譬如：睡時氣溫驟降，而睡中的身體挨凍刺激做起的夢境則其內容性質都是凍得要命，四處奔走找尋暖和的地方或撿柴生火取暖……。夢境的素材不同其性質卻相同－避寒。

第三節　聯想進行

我們夢裡依然有聯想這個心靈現象，其素材都是我們既往生活中所見、所聞、所幹……的經歷事物。當我們夢中見物或遇事便有連接想起一個又一個、一樁又一樁的形狀、性質、類似的事物或位置接近的事物，或關係密切的事物等，例如：夢中見到馬鞍便聯想起愛馬，見到釣竿便聯想起釣魚往事，見到別人的小孩便聯想起家裡的小孩……。睡時的聯想即是夢，也就是見到別人的小孩而聯想起家裡的小孩而夢境便即時切入轉為出現家裡的小孩。

夢裡的聯想神通廣大，能聯想起幾十年前的雞毛蒜皮小事，而且能影像化而像放電影一般歷歷在目呈現。我們清醒生活時的聯想

則僅出現零碎片斷的心像，且僅是時間新近或重大的事物，至於時間久遠或毫細不明顯的事物則不能為力了。

聯想的素材本是真材實料，一點不假；但夢中聯想多為時間久遠或微不足道的事物，我們早已忘得一乾二淨了，而且有的幾十年前的事物或發生於天南地北的事物，它們若湊成夢，夢者簡直完全陌生，以為怪異現象。

其實聯想的夢境常見，只是我們缺乏深入研究，事態也如過眼雲煙，見而不覺。例如：筆者有日見一大片台糖農地的甘蔗園，甘蔗園頂著一片藍天，接著則藍空裡出現孫悟空駕馭觔斗雲，手執如意棒，來勢洶洶俯視左右遠近搜尋妖精的下落，又接著出現和群妖混戰的畫面。

這是怪異現象，難道世上真的有孫悟空和妖精而在夢境世界裡打鬧？經深入研究的結果，非也，原來筆者有次在趕路中偶而一大片甘蔗園和其上面的藍空赫然映進眼簾，又曾在電影中看過孫悟空在藍空中騰雲駕霧追逐妖精的畫面，由於孫悟空駕霧中的藍天浩瀚湛藍，甘蔗園頂著的藍天也是浩瀚湛藍。兩者的景象和氣勢酷似，酷似的事物極易引起聯想，常常一個又一個聯想接著進行而成一段一段的夢境。

第四節　想像進行

我們睡時，想像本能依然在活動，而且更靈敏神技。睡時的想像活動多在夢中見景生情而經聯想而引起－想像不過是個聯想堆或

者聯想群，其素材都是生活中所見、所聞、所幹……的事物；本是真材實料，一點不假；但經睡時心靈的鬼斧神工絕技下它們已成一幅畫或藝術品，此時也，它們便與現實世界有所距離了。

清醒生活時的想像畫面偶而也能在我們睡時原貌重現而成夢，譬如：聽到人家描述那裡出現一群強盜而個個猙獰窮凶極惡而引起腦際裡出現一群強盜和其嘴臉的想像圖，而這個想像圖偶而也會在睡時原版出現；而當重現時其畫面都比原版清晰穩定。

更有白天偶而地面上出現一塊亮晶晶的硬幣……而晚上竟夢見路面上撒滿片片亮晶晶的硬幣，夢者喜出望外，而把它猛撿特撿，而一再撿都撿之不竭，而心想以前我怎不知路邊有這麼多錢可撿，今後我的窮根也斷了……。這是一場睡時的想像一個一個發展進行而成的夢境。

睡時想像亦有偶而夢見一個曾認識的人，而那個人是做泥水工的而接著則出現那個人正忙著做泥水蓋屋……情形。我們若沒認識睡時想像的存在則對許多想像而成的夢境大惑不解，還以為怪夢或奇夢呢。

第五節　專有意識進行

凡我們生活上所見、所聞、所幹……的經歷事物都成為意識，每件意識都有其特徵－專有性，就是同種類的意識裡，其結構、形狀、動作……都絕不完全相同－時間不同，地點不同、環境不同、動態不同……即所謂專有性、獨特性。

　　譬如上學：我們天天上學－今天上學、昨天上學、前天上學……都是上學－同類。但今天上學時風和日曬，三人聯袂結伴而行。昨天則天氣陰沈，和二個男性和二個女性聯袂同行……。雖然同是上學而其動態和同行的同學都不同，就是走路的步伐，前一步與後一步絕對不完全相同。

　　物質方面的，例如：每個西瓜的形狀、大小、花紋……都有差異，都有其獨特性，這是靜態的專有意識。若某次看到汽車跑過橋樑、街道、山邊……，則是動態的專有意識。

　　我們若偶而夢起某次所見或所幹的事物則常引起專有意識進行，就是若夢起某日所見的那部跑過橋、跑過街道、跑過山邊……汽車則出現跑過街、跑過橋、跑過山邊……過程歷歷在目。假若偶而夢起某日的上學，則其同行和過程都和盤托出，就是若夢起某次的事物則其過程首尾陸續出現。

　　專有意識進行的夢境其實我們常見，只因我們不曉得夢境有此現象，故都見而不覺。因為我們深藏心底的意識浩如煙海，多如天上星星，多得我們完全記不得是某次所見、所幹的事物，假使幾十年前的經歷往事在夢裡重現，我們哪裡認得？

第六節　意識模式進行

　　世上的一切事物都有其模式－水不是從高處往下流嗎？我們起床不是要刷牙、洗臉……嗎？這是其模式，我們若看過、聽過、幹過……某種事物便具有了該事物的意識模式，我們的意識模式日積

月累，實多如恆河沙數，天上星星而時刻都在影響，支配我們的思維等心靈活動。

譬如：坐火車旅行；必趕往車站、購票、候車……模式，吃飯用餐也有其模式；有桌、有椅、桌上放著盤碟菜餚、拿碗盛飯、提筷夾菜……。

靜態方面的物質，如房屋，它必有屋頂、牆壁、窗戶、門……模式。汽車必有車頭、車尾、車燈、駕駛盤，輪胎……模式。

意識模式具有推進我們的思維與規範我們的心靈活動，使我們的意識不致冰封或者奔放無羈的情形，故我們在睡時一旦夢起某事物，則由於意識模式的作用而該事物的模式便發展起來，其進行若沒受到外力干擾則整個模式都會出現。假如偶而夢見坐火車旅行則常常從趕往車站……到目的地而下車的模式整個出現。

這類進行模式其實常見，但有的十分短促，僅出現二三幕便被中斷，我們都不感覺，不過也有一夜纏綿而成大夢的。

第七節　雜沓進行

我們就寢時心裡若還在胡思亂想則必做起先後彼此毫無關連、無倫次的夢境，因為睡時的心靈活動即是夢，故心裡語無倫次夢境也語無倫次。雖然無倫次、無脈絡、其勢卻後浪推前浪地繼續進行。

一天生活忙碌奔波，所見、所幹……的經歷事物成萬上憶，而因無心留意全如走馬看花；卻留下無盡的模糊印象，而當睡時還樹

欲靜而風不止，於是便做起毫無主題，一片混沌的夢境，且一夜纏綿不離。

　　肉體五臟不適，而在痛苦中入睡，則睡中的心靈仍然在痛苦中掙扎，盼望著人家會來救我，或自己既往生活中遭遇的痛苦過程，或做成痛苦的情景……都排隊紛紛重現。

　　睡時環境的各種事物或原因的刺激肉體或感官，例如：氣候變化，床褥不平、身體不潔、噪音、身體受壓、甚至我們看不見，摸不著的天地靈氣、邪氣……都會影響我們睡時心靈而做起夢，因為環境情形不斷變化，故夢境也隨著環境不斷變化。

　　以上那些夢境為環境逼出來的，環境變化莫測，夢境也變化無窮而雜亂無章，其除了反映環境情形外多無其他涵意。

第二十一章　奇夢

互古普遍的人們都認為夢境荒誕無稽而不屑一顧，他（她）們以為夢境無一是真的，且悖離自然和現實一萬八千里，這都已司空見慣，不足為意，但若離譜得太遠則不信邪的人們也難免嘖嘖稱奇，甚至引起種種憂或喜……的想像。而以為奇夢。

奇夢的成因與一般夢境的成因並無二致－－都是由我們生活中的所見、所聞、所幹、所感……經歷事物經由睡時巧奪天工的心靈神技打造創作而成，而以超然的姿態歷歷在目重現；因睡時我們的心靈本能紛紛增生，智能感官都廣大起來了，而我們清醒生活時視而不覺，感而不知……毫髮事物，或清醒生活時身體感官絕無法感覺的天地靈氣、邪氣、戾氣、天時地利、各種徵兆……超物質、超自然的事態在睡時都能瞭如指掌，且反映於心靈，而心靈再以鬼斧神工把它們融合創造出各種事態或景像而成夢。

我們睡時具此超然本能衍化出來的境界豈不千奇百怪？難怪大家都摸不著腦袋。其實奇夢並不奇：因為它們都根源於現實事物和景象。

舉個例：我們小時，小孩們都普遍夢過自己頭頂長起一棵大樹而驚恐萬分，其實它非空穴來風－它都根源於事實；因當時的大人看到小孩吃果子時喜歡哄騙小孩道：「吃果子時把果核吞下肚則果核會從頭頂長出大樹……。」而致小孩們驚恐萬份，以為我若不

慎吞下核仁將怎麼辦，而同時產生自己頭頂長起一棵大樹的種種可怕的想像圖，誰知這些想像圖有晚竟化為夢；見頭頂長出一棵巨大的果樹而自己被壓得抬不起頭。微不足道的小事化為夢境經常發生，由於我們沒有加以窮究而明明是反映事實的夢境卻一直被誤為奇夢。

奇夢看似荒唐，百無一用，其實，其點滴都有其淵源和成因，反映事態、世態，我們若把它析解開來不難發現它們是個五官俱全的小宇宙。

奇夢分為好幾種，茲分述於後。

第一節　各種意識的影像化

我們生活中的所見、所聞、所幹……的經歷事物都會成為意識而深藏心底，我們一天生活下來其經歷的大小事物不可勝數，再經年累月，不斷堆積而其數確已多如恆河沙數，天上星星，不但數量浩瀚無邊無際，種類也萬情萬像。數量多，時間久遠，又無聲無影地深藏心底，故我們多懷而不覺，照面也陌生。

但當我們睡眠時，那些深藏心底的意識便都蠢蠢欲動，爭先恐後排隊，想影像化冒頭見世面，此時也，我們從未謀面的意識們便歷歷在目呈現眼前，我們便見到其盧山真面目了，但都陌生令人感奇。

意識本是自己既往經歷，一點不假；但有的因時間已久遠，其量又多得不可勝數，早已忘得一乾二淨，彼此從未謀面，然而彼此

在夢裡忽然邂逅照面不但見面不相逢還大驚小怪呢？以為或許自己的靈魂跑向另一個世界……而頻頻發出問號，甚至加上幾句厭惡、不屑的語句。

　　無論抽象、具體、動態、靜態等意識都會影像化（心像化）成夢。常常不同時、不同地經歷的同類型，或同性質的事物化零為整混為一團，或不同時、不同地經歷的事物連綴一起魚貫出現，於是其夢境的事物和情景便在我們的現實世界上見所未見，顯得光怪陸離。例如：我們看過牛在曠野吃草，也看過犀牛在曠野吃草，也就是我們具有了牛和犀牛在曠野吃草情形的意識，兩者其形態、性質極為相似，而常常化零為整結合一起在夢裡出現而成牛頭犀身的怪物，為現實世界絕對見不到的動物。

　　至於抽象方面的意識，譬如：聆聽人家的教誨獲得的各種事理領悟，自己經驗的心得，精密技巧……，它們都是看不見、摸不著的，難以口頭或文字描述盡致的；但它們在我們睡時則常以具體的景象出現，宛如我們把故事編演成戲劇一樣，把肉眼看不見的故事排演成具體戲劇。

　　譬如：我們聽過武術師解說某種劍法後便具有了其劍術的抽象意識，這種意識便可能化成一個正在演練那種劍術，或化成夢者自己以那種劍術大戰敵人或猛獸……。這種現象也最令人想不透，因為這種現象從未見過、做過。

　　意識影像化的景象，其根源本是千真萬確的事實，卻被誤為魔幻泡影，我們若打破沙鍋問到底則奇夢並不奇了。

第二節　各種心思化夢

我們生活中經歷的各種心思也會化為夢，由無形的各種心思，如：生活願望中的憧憬，嚮往、思戀、單戀、仰慕、理想……，甚至睡時心裡生起的心意、心認……都會化成夢－無形化成形影。

其所化成的景象都是我們生活願望中的憧憬、嚮往、思戀、眷戀、仰慕……過程中，因狂熱、愛極、思潮洶湧澎湃編織起種種理想和願望，無論實際與否，但總是轟轟烈烈，而終成一個毫無瑕玼的完美世界，當其化為夢境則我們不難想像其超然奧妙。睡時的心意、心認等更耐人尋味，譬如：

睡時心裡認為口袋裡有二千元，而且是新鈔，夢中若把它取出則果然二千元，確實也是新鈔，人在睡時真具神通。又如：認為箱子裡放著金條，打開果然滿箱金條，且閃閃發光呢。

心思是非物質的精神能量、無形、無光、無影……，且船過水無痕；但在睡時則我們的心靈能把它們化為有形、有影、有血、有淚的有情世界，它們並非空穴來風，其素材都是既往我們所見、所見、所感、所幹……的經歷事物化整為零，化零為整……，而睡時的心靈鬼斧神工雕塑而成，經心靈的雕塑創造，而它們便霍然化成新姿態、新事物。

第三節　身體慣性化夢

身體慣性在睡時能化為夢的心靈奧秘似乎人類還未曾發現；因中外古藉上未曾發現過此種文獻，現代學術也未曾論及，也未聞民間談起……。可見亙古人們對此心靈現象還茫然，人們對事物生疏、陌生就會少見多怪了。

筆者也是見怪多怪，但喜歡打破沙鍋問到底的熱心則窮追不捨而終而發現我們生活中的身體活動產生的身體慣性竟確實能化為夢境，有的化成自己羽化成仙飛上天遊天闕，有的化成自己當起太空人，有的化自己挑擔走經一山又一山、一村又一村……，與身體慣性形狀或性質類似的動作或景象。

我們的身體無論什麼動作，不論動作的時間或長或短而都能產生身體慣性，不過動作出力重、時間長、較少見的……較易產生，也較深刻、滯留時間較長，反之則多不明顯。譬如：挑擔遠行、騎單車走過下坡路、盪鞦韆、揮鋤除草挖土、搬貨上車、不盡的聲音……都有可能產生身體慣性。

身體慣性多不自覺；但常常化為夢，所化的夢都是同性質的，譬如：騎單車跑過下坡路、盪鞦韆、坐雲霄飛車……最易產生身體飄飄然的慣性，而睡時則易化為自己成為一隻鳥或羽化成仙而飛上天，遊天上宮闕、遊月宮、見嫦娥……，夢中的各種動態和景象雖然與騎單車，盪鞦韆等截然不同；但性質則完全相同－總是身體飛也似地，令人大惑不解。

　　深刻的慣性並非確定化夢；輕微的慣性偶而竟也能化夢，只是所化的夢境短暫與不明顯，不易與其他成因的夢境區別。我們因不明夢境有此奧秘，故都對此夢境莫名其妙。

第四節　情緒化夢

　　人為感情動物，無論對人、事、物、環境……都會生情，若某種感情停滯心靈則成為情緒，情緒與人形影不離，有生命就有情緒，甚至人在睡眠時情緒依然伴隨著，而且多能化為夢，沉重的情緒當然獨佔鰲頭；但輕微不明顯的情緒化夢也是常事。深刻的情緒化的夢常引起夢者以為：「心情不佳……真會做夢。」而認識夢境是由情緒所引起；因為「日有所思，夜有所夢」的概念已人人根深蒂固；但若輕微不明顯的情緒化成的夢則都莫名其妙了；因為輕微不明顯的情緒我們根本沒有感覺，而且經睡時心靈的巧手塑造後已與現實相差一萬八千里，連原來的情緒性質都無法發覺。

　　輕微、瑣碎、不明顯的情緒在生活中多如牛毛，例如：有人冷不防地從後面拍自己的肩膀一下而令人一愣，或路中有一小洞而不慎險些踩進去而一怔，或拿些小物不慎跌落地而要俯身撿起的小厭煩，或路過而看見一朵美麗的花朵……，這些都是微不足道的小情緒，在生活中時時發生，但都沒留下任何印象，但睡時銳敏如神的心靈偶而能把它們重現或加以塑造影化成夢，不過其情緒小而其影像也短暫，給人更難捉摸。

情緒為無形影而抽象的現像，看不見摸不清，但卻由於接觸有形具體的事物而產生，當睡時它還原成夢時仍然以既往所接觸的事物為素材倒帶加以變化，組合而成，譬如：帶著狂歡的情緒就寢，則必做起狂歡快樂場面的夢境而這些狂歡，快樂場面的素材則都是夢者既往生活中的歡飲，賽會大勝……的場面變化重現。又如：悲哀情緒化夢；其景象也是既往生活中所見、所聞……等的悲慘場面的變化重現，不過並不一定引起該情緒的即景重現，而多由既往同性質景象取代。故一旦出現夢中則令人感到十分奇妙。

第五節　天地之氣化夢

天下之治、亂，國家之盛衰、地方的榮枯、家道的旺微、風雲變幻、地方的祥瑞、邪惡……都會出現一天地之氣。

天地之氣看不見、摸不著、無味、無臭，沒有物理現象和化學作用……當我們清醒生活時，感官根本無法感覺，故我們不覺它們存在於天地間，都對它們陌生，但冥冥中它們都在影響這個世界和支配人類，動植物等命運。

但我們睡時則完全不同了，睡時的感官變得銳敏如神，而能感覺天地之氣的存在，且能傳達於心靈；此時我們不再對它們無知了，而同時將所得資料加以以既往經歷的事物為素材而組合，打造影像化示現表達出來，於是無形的天地之氣便化為具體景像呈現眼前。

其夢中的景象和事態千奇百怪，神秘莫測，都與實際有所距

離，有的若旱中忽降甘霖，有的為久違的故人忽然來訪而喜出望外，有的為趕路中遇見一位熟識的朋友潦倒衣衫襤褸，但見面不相逢宛若不相識，有的為見倒村邊一口乾涸已久的水溏忽然溢滿起來，且長著許多開花的浮萍……。

一般來說，祥瑞之氣化為好夢，邪惡之氣化為惡夢。世態千萬種，變化萬千，故天地之氣所示現的夢境形態也千百萬種；有的上天入地，有的天翻地覆，有喜不自勝，有的恐怕萬份……，令人眼花瞭亂。

景象雖光怪陸離，卻非空穴來風，都有其成因，反映世態變化，在其玄妙的圖像中隱含著種種預兆，具預示作用，實為先知先覺，我們的導師，為一本無字天書。

我們與寶物同眠卻不知它們是個寶物，一直都入寶山而空手回。無奈我們對它們所知空空如也，不曉加以詮釋應用，無異暴殄天物，真是可惜。但我們若加以耐心追蹤探究假以時日或許有一天能窺其一二。

這不是神話，而是自然客觀的現象，具有成因和原理……的科學事實。

第六節　過眼雲煙的事物化夢

我們一天生活所碰遇的大小事物何止千萬，事物多如麻，我們哪能一一加以詳細觀察聆聽？而大都視若無睹，充耳不聞，感而不覺地如過眼雲煙，沒有一回事地隨時間消逝了。但我們睡時那些視

若無睹，充耳不聞，毫無印象或毫髮事物……常常原貌重現或衍化成各種夢境。

因為我們對那些所經歷的事物毫無印象，而當那些事物忽然在夢中出現時都難免感到陌生，大呼奇怪，摸不著腦袋，以為所謂：「日有所思、夜有所夢」但我根本沒有想過它，見過它……，而豈能有所夢？難道由神怪所化不成。其實並非神怪所化，更非空穴來風，而都是有根有據來自事實，只是我們對它們毫無印象而已。

譬如：我們路途中忽聞一陣淡淡的花香，或見一朵其貌並不揚的野花；因生活匆忙、所見、所聞……的事物又應接不暇，於是所聞的花香和所見的野花便像一陣雲煙般消失了，而若無其事；但這些小事物並非真的在我們心靈裡消失，它們在我們睡時常常重現成夢。可見夢中的事物並非我們未曾所思、未曾所見……。

又如：夢中有個小姐向我們鞠躬說：「謝謝！」此亦令人大惑不解－怎麼夢中的人物會說話，有聲音，其話也含有意思？難道夢中的人物真的是鬼怪？不然怎會說話、活動、栩栩如生？此並非天上世界，更非鬼怪，而是有根有源的事實重現。我們若打破沙鍋問到底，窮追探究而不難發現我們在當日或近日必曾上市場購物而有個女店員向我們鞠躬致謝。夢中的小姐和感謝聲也就是市場上的那個小姐和其感謝聲在我們夢中重現，故它們都自然、真實、客觀一點都不虛幻。

或問，這些微不足道的小事物重現成夢大概毫無意義？－筆者認為並不完全如此，因為我們在當日或近日的生活中的所見、所聞……經歷的毫髮小事物實多如牛毛，為什麼僅偶而一二能在睡時

重現成夢？－其中必有奧秘和成因：因為我們睡時的感官銳敏如
神，心靈也具神通，而對天地間的神秘小事物瞭如指掌，對國家社
會的興衰、世事風雲變幻、風吹草動……都有感應。這些先知先覺
都能表現於夢境，故小小事物或視若無睹的事物能夠重現成夢也有
其成因；有成因就有結果，那些夢境可能有預兆作用。

第七節　夢中想像

　　我們的想像本能並不因睡眠而減低或消失，反而發揚光大－較清
醒生活時更清晰、穩定，且全程影像化，而成為一個奧秘的新世界。

　　想像因不受時空、物質、能力……所限制，故萬能神通，無論
人類絕對做不到的，現實世界絕對見不到的事物、景像在想像世界
裡有。我們的想像無所不能，想像世界無所不有。

　　我們的想像活動都以生活經驗為基礎，否則沒有想像境界出
現，可謂真材實料，一點不假，為夢者既往所見、所聞……的經歷
事物由睡時巧妙心靈的組合變化，化零為整塑成的新世界。

　　它們雖以事實為素材，但其成品卻與現實世界大異其趣了，已
沒有留下經歷事物的痕跡，因為它們與現實相差一萬八千里，它們
總顯得荒謬無據，初令人嘖嘖稱奇，時久則令人煩厭不屑。

　　夢中想像出現的成因多由於見夢中的景象而見鞍思馬而引起，
或白天所想像的過程畫面在睡時重現。夢中想像在夢裡常見，其景
象出神入化，有的美不勝收，有的恐佈萬份……總是新世界、新
境界。

第八節　夢中回憶

我們睡時能憶起久遠往事；能夠憶及幾十年前已忘得一乾二淨或毫無留下印象的雞毛蒜皮小事，而全程影像化呈現且歷歷在目，其景象、人物、事物……完全和原來的一模一樣，原貌重現，真如時間倒流。

我們置身其中獲得重遊舊地，重見故日風光景物，返老還童，自己又回到童年了，其樂何處尋？其喜情實難以言喻，夢醒便帶來終日喜悅，揮不去的塵憂便消失無蹤。

但由於夢中的事物……因時間久遠多忘得一乾二淨，一旦忽然在夢裡重現則不禁感到陌生，根本不認識而多以不屑的眼光視之，並以荒唐視之，而不屑一顧。

譬如：夢裡憶起童年上湖邊垂釣往事，則往湖邊經過的山野小徑的一草一木，一磐一石都歷歷在目，湖水，湖中水中水草……都清晰地重見，甚至垂釣時，時而從湖底咕隆咕隆冒起一陣陣氣鈴也可見，做起此夢真如時間倒流，回到快樂童年。這是童年大事，多有印象，而一旦在夢裡倒流則多能認認，很快認識那是自己經歷的陳年往事，不足為怪，但若是小事物則難以憶起了。

又如：夢見童年和朋友們上一條小河裡摸蝦的景象，而懷念的那條昔日小河早已滄海桑田之變，無跡可循，難得再一見，但夢裡我們能重回其懷抱－昔日河邊的一棵大樹依然健在，河水依然潺潺流，真是邂逅久違的故人一般滿懷溫馨，此也是童年難忘的事跡，

夢者不足為怪。

第九節　心靈漣漪

我們的一天生活中，來往出入的所見、所聞⋯⋯的經歷事物何止千萬，但偶而竟滄海一粟－其中某一種小小事物竟在我們心靈裡繼續醱酵，而當我們睡眠時便影像化成為一場大夢，那得寵化夢的某小事物真如萬綠叢中的一片小綠葉，亦如天上億萬星星中的一顆紅星。

所見、所聞⋯⋯多得難以勝數中的事物而只獨鐘其中之一或二留在心靈中繼續醱酵醞釀營造，實在耐人尋味，不過其中必有原因；大概在見物等當時我們心境若清靜，環境也清靜；則該事物雖小也可能變成很吸引人了，易令人產生入心作用（參閱第二篇第三章）而在心靈中醞釀發展、編織而創造成一個有情有生命的心靈世界，而在睡時重現成夢。

譬如：我們路過看見一支廢棄的注射筒，或室內擺放一支注射筒則常常在睡時做起自己上醫院看病而躺在病床上給醫生診治和受到護士們的照料⋯⋯一場大夢。

僅是偶而驚鴻一瞥小小的注射筒就能演化成一場逼真的大夢；而誰能料到人類心靈有此神奇奧秘？這個奧秘千百萬年來大概還未受到人們注意過。

我們常做起一場精彩大夢而令人大惑不解，不知所以然，殊不知大夢是由所見、所聞⋯⋯微不足道的小事物醞釀發展而成的可能，這種大夢常常確實由一個微不足道的小事物演化而成，只是我

們還不曉分辨而已。

微不足道的丁點小事物能演化成一場傳奇故事般的大夢真耐人尋味，而且故事的發展過程變化萬千、風情萬種、有血、有淚、有情、有生命……，筆者認為它們的演化過程必由某種成因引起，和外界（天時、環境……）的影響，心靈狀況……種種因素相互交織創作而成。其成因和外界的影響……即是因，有因必有其果－大概夢中的情節各種景象和變化過程……或許都有含意，有著預示作用。

第十節 事物結晶昇華

我們整天忙碌奔波，渾然忘我，而所見、所聞、所幹……經歷事物實多過牛毛，不但如過雲煙，甚至沒有留下一些印象，宛如走過一片雲霧世界，回首只見一個天大霧團，這是一天的經歷事物的結晶體，無數的事物已化成單純的一團，也是一個世界。

當我們睡眠時這個還在興奮、激動、燃燒的霧團便開始塑造起夢境，令人進入夢鄉。其夢的境界為我們一天生活的結晶而再昇華所化成，它從現實中脫胎換骨已非凡體了，無原貌的跡象也不見其原來的性質，完全為超凡之世界天外之天，它們在現實世界絕對見不到，我們凡人的智力更無法理解，我們在夢中其景象歷歷在目，我們在睡夢中似乎完全懂得其意義和理路，也似超凡的神仙，但一清醒重回現實世界便空空如也－只殘留一抹模糊的景象，超凡入聖的智慧也完全被奪回去，總之我們夢裡萬能大智，一清醒，本能、智慧便失去一大截，回復凡人身了。

　　夢中世界是由鬼斧神工的心靈所打造，看似毫無章法，不實際而不屑一顧；其實其結構、組合、姿態、變化……莫不接受情緒、環境、天時、地利、氣數、磁場……影響而自然形成，非空穴來風，並非造作，是個客觀的自然現象－像氣象變化一樣具有無數象徵、提示、預兆、……的功能，我們不應以為荒唐而一笑置之。

第十一節　夢中人物對話

　　夢中的人物不但會說話，且聽得見其聲音、還辯才無礙……，真是令人百思不解，而以為難道夢世界裡有人居住、有生物……存在？難道像天體一樣有外星人存在？不然夢中人怎能說話？

　　夢中人的談話簡潔利落，其聲音都是原音－都是夢者在清醒生活時入耳的道聽途說，或耳聞的陌生人談話，親友談話，或夢者自己平日生活時的談吐……的原版重現，並非天上的聲音。至於夢者在夢中的分身的談吐；雖是隨機應變發出的臨陣言辭，但也不離其固有的聲音。

　　世上多數人都未曾料到夢中的人言確實來自人類現實社會，誰知充耳不聞，毫無印象的人言亦能在夢中重現，因為毫無印象，故一旦它們在夢中重現都難免令人訝異。

　　譬如：進市場購物，人聲嘈雜，各種話題，各種表示，彼此問答……何止千萬句而我們沒記上半句，但在睡時偶而夢中聽見「謝謝」這個言詞而令人不勝訝異，而以為那是天上傳來的聲音，殊不知市場裡當場確曾有個小姐向顧客鞠躬說句「謝謝」，它在夢中出

現的模式有的僅出現「謝謝」這個聲音，有的則連小姐鞠躬的畫面相偕出現。

此不過是市場即時千萬句人聲中的一句，萬綠叢中一點紅，它不知什麼原因能雀屏中選而入夢也是奇蹟,因世事繁雜其成因實難以追根究底。

若寡言木訥的人做夢成為夢中人物則搖身一變，變成口才橫溢，辯才無礙的人物，玲牙俐齒而言辭義理也更為深遠不凡，而當他在清醒生活時絕對做不到的，若在夢中則變為萬能神仙，此由於我們在睡時能得到新興本能，感官銳敏如神，智慧加倍而潛能發揮淋漓盡致之故也。

第十二節　夢裡卡通

在夢裡見到卡通人物和景象真是令人莫名其妙，以為夢境實在荒唐極了，難怪一般人們對夢一笑置之，以為難道夢境世界裡真有鬼魅般的卡通人物在活動？而心裡難免產生以為夢境是天外的世界，那裡有鬼怪和各種生物……在生存活動的錯覺。

我們不用大驚小怪，它們並非鬼怪，而完全是現實事物的景象在我們睡時重現，真材實料一點不假－它們都是夢者從螢幕、報章雜誌……看過的漫畫圖面。漫畫的人物和動作也像其他所見事物一樣偶而會在睡時重現成夢。

我們欣賞漫畫後誰曾加以牢記？全都船過水無痕，但睡時神通廣大的心靈卻能再把它們和盤托出，而且其人物又人不人、鬼不

鬼、獸不獸，故令人感到夢境實在多神秘。

　　漫畫夢並不常見，具此經驗者更寥若晨星，甚至從未聽過有此現象，故逢此現象便難免大為訝異而以為妖怪，但若懂得做夢的原理便不致大驚小怪了。

　　原來漫畫夢也是源自現實世界的真材實料，是為自然現象，並非空穴來風的幻象，但因受各種因素影響，而事實和盤托出原貌重現成夢的並不多見，多與事實原貌有所出入。

第二十二章　玩味一場夢

　　夢境的奧秘和種種現象，若我們有了一些心得而想以語言、文字表達總難得淋漓盡致，因為吾人睡時的智力似乎已神化了，而我們清醒時的智力無法澈底理解它，語言文字也只能表達其丁點部份而已，我們若把一場夢境玩味到滾瓜爛熟則更能體會和領略。

第一節　巨蟒

　　夢一開始便見張君自己在村活動中心主持摸彩活動，參加的人眾有上百人熱鬧滾滾，結果頭獎由葉姓青年獲得，眾人為他高聲喝彩，正當此際傳來緊急的呼喊：「巨蟒來了哦，大家趕快跑啊。」說時遲那時快，巨蟒便應聲而趕到大家面前，果然是一條大巨蟒，是有幾丈長，身軀大得足夠二人抱，巨蟒張口足能吞噬一人，眾人都沒有逃，反而連忙取出刀械殺氣沖天，想把巨蟒剁成肉醬，千鈞一髮之際好幸張君的三女趕來，手持一支枝條要把巨蟒趕回，「三女」一趕巨蟒也就馴馴從從，乖乖返身，返身時可見其白色肚底的部份而然後走入長廊般的一長列絲瓜棚子而消失於其深處。

　　這場夢實在神奇玄奧難以想像，似乎天上世界，我們人類清醒時的智慧哪裡具此創造，如此神妙玄奧的境界？

　　夢境可謂自然天成，都是由於夢者肉體、感官、精神受到刺

激或影響而反映於心靈，而引起心靈活動，而睡時的心靈活動即
是夢，夢境的素材都是夢者既往生活中的所見、所聞、所幹、所
感……的經歷事物的重現，加上睡時神乎其技的心靈雕塑下便成為
神奇萬變的世界。

我們既知生活上的所見、所聞……經歷事物，和身邊環境中的
事物都會影響或刺激吾人的肉體、感官、精神……而做夢，但還有
許多生活上遭遇的視若無睹，行而不覺的微塵事物，和天地間存在
著而吾人不知其存在的無形事物都會影響或刺激吾人而引起做夢；
如眼前一陣雲煙，或筷子一時沒拿穩而給它掉落地時的似有似無的
微弱埋怨……情緒和天地間看不見、摸不著的事物：如天地靈氣、
瑞氣、戾氣……常常影響夢境的結構和發展。

俗云：「日有所思、夜有所夢」。意謂要有其所見、所聞……
始有其夢，但張君位卑從未有過領導群眾的場面，怎能做此類夢
境？在千鈞一髮之際，其三女趕到而把行將吞人的巨蟒趕回去，此
景更顯得光怪陸離，在其現實生活上絕對難見此景象，為荷我們會
塑造出此維妙維肖神奇夢境？此其中必有玄理，不然其畫面豈能栩
栩如生，有生命且似有含意，其形成過程宛如彼高此低高低不平的
大地，大水一來便形成彎彎曲曲的河流一般道理。

夢境既是自然天成而非妖魔世界，那麼夢境毫無意義了嗎？非
也，雖然它是自然天成，但其形成過程都由內在、外在的種種事物
所影響變化而成，好比一個石頭，雖為自然天成，但從它由多種元
素凝結合成，產生的成因，產生的年代……來看便可探求宇宙形成
的大概了，這便是一顆石頭所具的意義，夢境也和一個石頭一樣具

有意義，夢境中的種種現象都暗示著世態、事態、命運……，不過正確的解夢技巧還要假以時日。

此夢時值中華民國第六屆立委選舉前夕，處處可見鼓噪的人群和熱鬧場面……，那些夢中的摸彩活動，張君主持摸彩，葉姓青年獲頭獎，青蟒出現，張女出現都有其象微意義。青色巨蟒大概象徵藍營方面。

第二節 幹活晚歸

李君夢見自己幹活晚歸，而家裡一片漆黑陰森而身體不禁有些發毛。他先進廳堂開大燈，然後廚房、臥房、客廳……所有房間，開燈時雙手總是恐懼顫抖著，心臟嗶嗶噗噗快速跳動著。他把所有房間的燈都開過了，但不見電燈亮起，家裡依然漆黑一片，身體依然不寒而慄，戰慄徘徊間忽聞外面馬路傳來人家送殯的鑼鼓聲，鑼鼓聲愈走愈近，他怕其隊伍跑到他家裡來而慌忙趕至大門要把大門關牢，不料趕到大門時發現大門前早有三個面目猙獰手持長刀的的大漢站著，他拔腿轉身想逃，但被大漢抓個正著而將他綁架，他掙扎高呼救命而驚醒。

李君幹活晚歸是家常便飯的，而回到家時總是一片漆黑，因兒女都出外念書而入夜沒人開燈。雖為自己熟悉的家，但伸手不見五指，有如置身黑暗世界一般，故身體難免有些發毛，他天天如此都沒當回事，這種日子也由來已久，不料有日他路過一座荒廢的工寮好奇進入探望，工寮裡鴉雀無聲陣陣陰氣襲人，他不禁起了陣陣寒

顫，不料當晚便做起了家裡一片漆黑，他雙手顫慄著開燈的夢境。

　　由於進工寮產生的懼情延至就寢時尚未完全消失，就寢時所懷的情緒最易影像化重現為夢，情緒的影像化為夢，而以寫真式原貌和盤托出的並不多，即遊工寮產生恐懼的情緒若化為夢則多不一定是進工寮的經歷過程重現，而多由既往的同形態、同性質……同類情緒的經歷過程影像化取代出現成夢，因晚歸開燈的懼情與進工寮探秘的懼情……其形態與性質頗為類似，而且進工寮探秘又是新近的經歷－新近的經歷事物在心靈裡的份量最為強勢，強勢的事物佔盡優先，故產生彼此相取代的夢境。

　　夢裡雖見開燈卻不見電燈亮起，家裡依然一片漆黑，李君依然心怯發毛，因此夢是由其情緒所化成，有其情緒就有其夢境，夢裡李君因屋裡黑暗心生恐懼，夢裡有其情緒則必有引起其情緒的背景相伴，故他雖開燈屋裡卻依然黑暗。

　　李君在黑暗的家裡徘徊時忽聞送殯的鑼鼓聲，鑼鼓聲由遠而近，彷彿朝自己家裡來，這些都是他常見的景象，每逢此景他莫不悲懼交集，其恐懼與他探望廢寮時的恐懼類似，類似的經歷事物極易像聯想一般而結合或取代，許多夢境也就是這樣連綴而成的，夢境形成的素材沒有時空限制，並不一定為同時同地所見、所聞的事物，而多由不同時、不同地的所見、所聞……的種種經歷事物的各個片斷組合連綴而成，或許幾乎十年前的一次恐懼經歷的一部份與昨天的某次恐懼經歷的一部份組合而成的也有，只要其經歷事物的性質或形態類似便有機會結合，組成或連綴成栩栩如生的事物、人物或一場夢，譬如：夢見騎士騎馬，而其人馬並不一定是某次所

見騎馬畫面的和盤托出重現，而常常騎士為好久以前所見畫面的騎士，而馬則昨天所見的馬騎畫面的馬，而夢中馬騎是合成的。

夢中的綁匪為李君從電視看過的畫面，因李君從未被綁的經驗，不過聽綁色變，而其恐懼的性質與他探視工寮時的恐懼性質，形態類似，故易連綴一起。

第三節　挖井

王君夢一開始便見自己在人深的圓型地窖中埋首以圓鍬挖土而潑上地面，而且競競業業怕挖到玻璃而遭割傷，因為現代的土地常有玻璃汙染，他曾一再挖到一塊塊亮晶晶的玻璃碎片，而他都把它集中在一起以防傷人。

地窖的型狀像圓筒一般，窖壁峭立平蕩，其泥土因未見過天日的，故都顯得十分潔淨，紋理鮮明，煞是可愛，他打拼一陣後便停止不幹了－夢醒了。

原來他在當日上午在花園幹過挖地栽柱，建造花棚的工作，在進行挖地時，他競競業業，恐怕挖到玻璃割傷手指，然而始終未發現玻璃，表面顯得骯髒的土地經一挖開而裡面卻潔淨可愛，其洞壁紋理更吸引人，他挖好了一洞又一洞而時時和可愛的泥土照面而留下深刻印象。

幹活是生活常事，天天在幹，種類也千百種，但幹活入夢的有多少？挖洞栽柱的工作並非什麼特殊大事，為何它能雀屏中選而發展成夢？真是耐人尋味。

　　根據夢理經驗，在經歷事物的歷程當時若心裡清靜，環境安寧平靜則易產生入心作用，產生了入心作用便有雀屏中選而化為夢的機會，依夢理，我們的所見、所聞、所幹……的經歷事物最常化為同性質，同形態等類似事物的夢境，譬如我們白天騎牛則晚上常做起騎馬的夢境；甚至做起騎腳踏車的夢境，因為它們的形態都是自己的軀體騎在其他物體上，其性質都同是跑路四處晃……情形。

　　挖土栽柱和挖土築井同是挖洞、挖窖，初見天日的泥土都清新可愛，同是有玻璃碎片出現的情形，挖掘的工具同是圓鍬、鐵鍬……同形、同性，兩者極為類似，故後者無疑是由前者所引起。

　　由經歷事實化成的夢境其實常見，不僅具首尾整體突顯的事物會化為夢而連片斷或微不足道的事物都會在夢裡重現，譬如舉手投腳，一隻蚊子從眼前飛過，忽聞一陣花香……都常在夢裡重現。

　　較具規模的，或印象深刻的經歷事物若重現成夢則我們或可溯探其源，但若微不足道的小事物經歷在夢裡重現則我們不但莫名其妙，就是想追蹤探源也不容易。

　　經歷事物和其所化成的夢境之間的情景彼此總有相異之處，極難得原貌和盤托出，總是經由心靈的釀化塑造的成品，雖為塑造合成的藝術品，但不失原味。例如上面所闡述的情形一樣，栽柱礅的小洞在夢裡卻化成大窖，彼此雖然仍是口洞穴，但其大小卻有異了，這種變化的成因都是自己心底裡的潛意識，睡時銳敏如神的心靈智慧，新近所見、所聞、所幹……的經歷事物和天地間不知名的事物……影響所致。其形成過程是自然雕塑，如萬能造物者創造宇宙世界一般，並非魔術表演，由於我們睡時的心靈太神通不凡了，

能感知天地間的萬事萬物，其所感知的萬事萬物也就漸漸結晶成夢。夢境雖似海市蜃樓腳為先知先覺，含蘊無窮意義。

第四節　老妻改嫁

真是晴天霹靂，謝君忽然夢見一向恩恩愛愛相處的老妻背離他而改嫁，他不忍同甘共苦半輩子的妻子改嫁人家後必受苦折磨，斷送一生，而苦口婆心勸解，但她始終無動於衷，當正在化粧準備上轎時，他還老淚縱橫苦苦哀求，但他依然登上車揚長而去，夢中她所嫁的情郎為村裡同齡的賴振興－一個貧苦酗酒的土漢，謝君悲傷極了，認為美滿的家庭從此破碎了。

他夢醒時依然老淚盈眶，雖然恍然大悟原來那不過是一場夢幻，但其悲情還久久不消，他直覺上以為凶兆。其情節離奇，他以為必有蹊蹺，按夢理，以他的處境絕對難以構成這種情節，而必由命運之神在背後排演象徵暗示，不然哪有如此神奇的夢境？因為他倆從未齟齬爭吵過，更從未有忱離這個字眼的聯想和想像過，更令人感奇的是其情郎－賴振興竟是剛逝世不久的死人，夢見凡人嫁給死人難免令人產生種種想像和恐懼，也令人耽耽於懷而不安。

謝君不諳解夢，只時時留意那場夢是不是在預示什麼；果然惡運連連－重感冒險些奪去生命、車禍、人事、糾紛，想幫助酗酒倒在路傍的土漢反而被他打得一身血……種種折磨後視力、聽覺幾乎完全喪失，身體功能損失實與婚姻美滿與否息息相關，時至這步田地他始恍然大悟原來這場惡夢在暗示這場霉運氣。男性雄風盡失實為婚姻破裂的象徵。

　　夢境大都在反映命運或天地在變化或世態在變遷⋯⋯，由於吾
人睡時的感官銳敏如神，吾人的心靈智慧在夢裡能點石成金，料事
如神，故天地間裡，看不見、摸不著而不知其存在的不知名事物，
世界在進行變化⋯⋯都瞭如指掌，吾人睡時無異神仙，先知先覺，
只因我們不知不覺，對解夢還瞎子摸象。

　　我們常對一場大惑不解的夢境耿耿於懷，起了種種猜疑，種種
想像，但都不敢確定它真的在預示什麼，但經時間、事實的證明始
恍然大悟：「原來夢境所示的竟這些事。」

第五節　人生如夢

　　鍾君喜歡驅車四處尋幽探勝，盼望能找到一處世外桃源以滿
足他的心靈，有天他以為遙遠近海的西邊人地生疏，或許那裡看到
嚮往的世外桃源而一直驅車經由通幽小道而往西方跑，而終於在近
海濱的一角發現一個小漁村，小漁村樸素平靜，真是世外桃源，一
進村便彷彿置身仙境，他連連深深呼吸後便遊遍村莊的每一角落，
後發現村落再西邊尚有桃源世界而果然看到一棵好大的海桐樹，樹
下滿地的鮮紅色落寞，樹不遠又一座土地公壇，而土地公壇毗鄰是
一塊稻田而稻子都豐稔，一大群麻雀吱吱喳喳，直理氣壯，樂不可
支地正在品嚐佳餚美食，憤怒的主人東趕則西飛，西趕便東飛，牠
們飛起便遮天蔽日，主人自言自語罵道：「我非把你們趕盡殺絕不
可⋯⋯」。

　　鍾君與稻田主人彼此都陌生：但鍾君和主人以麻雀為主題搭訕

一陣……。這個人們看似平淡無味的景象鍾君則其樂如神仙而心底裡誓言：「我以後一定再來……。」

他每次重遊必須遊遍漁村的每一角落，和到土地公壇一會，不料有段時間身體欠安不能如願，只是無限懷念，在此期間卻夢見重遊小漁村，夢裡土地公壇再西邊還有條通幽小道，他喜出望外立即隨路走去竟發現一個半村半廓的聚落，聚落裡有商店，可見汽車在跑，路傍騎樓下可見三五成群的婦女在聊天……真如天上。

夢醒，他宛如遊天上回來一般，陶醉之情久久不消；但感嘆：「夢就是夢，胡說八道」。－土地公壇位處海濱，哪還有條路通往一個聚落？他不信，但夢境實在太美了，雖加以否定，心裡卻羨慕萬份，盼望快見到其盧山真面目。

當病初愈他便迫不及待想趕往小漁村，不料遍找都找著往日的小漁村，一而再，再而三依然杳無蹤影，於是開始懷疑難道往日所見的小漁村是場夢？他一再翻開記憶查看都查不到該小漁村的確實地理位置，他印象最深刻的是經過的路途中有一座種有尤加利樹的豬灶（屠宰場），但現代日新月異，轉眼便滄桑之變，再也看不到豬灶和尤加利樹了，他搬出記憶中的在小漁村所見、所聞……的經歷事物與現實事物比較都證明確實為現實事物而非夢境。可是小漁村的變化實在太大了，一日千里，令人眼花撩亂，其滄桑變化彷彿一場夢，人生也彷彿一場夢。有的夢境實在太逼真了，若經歷過久的往事或人的精神恍惚時，最易與事實混淆，故人們常有癡人說夢的情形。

第六節 天降釘尾螺

夢中，陳君經過一個好神秘的村落，見整個天空都晦暗，而一群又一群的鳥兒從縹緲的高空飛過，同時像下雨一般落下滿地的釘尾螺，他小見多怪，恰好迎面來一個婦女而便問：「怎麼天上會落那麼多釘尾螺……？」

「我們村裡每到入冬天涼時節便有無數候鳥經過，並吐出食囊中的釘尾螺，於是便像下雨般滿地的釘尾螺，其釘尾螺美味可口呢，屆時舉村大小都跑出來撿拾而成為珍饈品嚐呢……。」那婦女答道。

陳君好奇，遂上每家每戶的廚房看一看，果然家家戶戶的廚房裡都擱放著一大簍子享用過而剩下的切過尾的釘尾螺殼，可見此時舉村的人家都享用這個天賜美味珍餚，而舉村喜氣洋洋。

夢裡的晦暗天空，陣陣候鳥……都如現實世界所見，也如置身其中，家家戶戶的廚房中餐炊具器應有盡有，那些大簍中的釘尾螺空殼不但紋理清晰，還顯得輕飄飄的樣子呢，總之，其夢裡所見的事物與現實世界的事物一模一樣。

那些村落，晦暗天空，高飛的候鳥群，廚房的餐炊具器，輕飄飄的釘尾螺殼……都如照像寫真，栩栩如生，它們都由潛意識所化成，夢境真是神祕極了，假如我們看過的人臉若我們睡時沒受到外界事物的干擾影響則當其重現時其臉像都原貌和盤托出。

我們不是都曾見過晦暗的天空，高空飛過的鳥群，廚房滿是餐

炊具器……？凡我們見過或聽過……的事物都會成為意識，而時久便深藏心底而成為潛意識，當我們睡眠時便紛紛乘機影像化重現成夢，於是我們能目睹連自己都陌生的潛意識的盧山真面目了，故夢境並非真實的世界，其中人物、事物，各種景象等都是意識化成而重現的影像。

至於看見晦暗的天氣，接著下釘螺雨，聽一位婦女說撿拾釘尾做佳餚，而想進人家廚房看看……則為意識模式所做成，我們不是曾看過天色晦暗接著則下大雨的自然法則嗎？聽到某地方有事就趕去看個究竟嗎？這些現象都會成為意識模式，意識在睡時影化重現時多有個意識模式，譬如吃飯，須經拿碗填飯，圍桌而坐，取筷挾菜，而桌上必有盛著菜餚的盤碗……，這是吃飯的模式。我們若看過人家吃飯，或自己曾圍桌吃過飯……，便具有了吃飯的意識模式，若睡時做起吃飯的夢則多能從拿碗填飯……到挾菜吃飯整個模式出現。許多動作或自然變化都有其模式。

我們若偶而仰首觀天，常常恰好　一大群飛鳥飛過，此為常見的景象，亦為意識模式。感奇的是天暗欲雨：但下的竟為釘尾螺，而非雨，此為取代作用也，強勢取代也，強勢取代常做成牛頭馬嘴的夢境。

夢境的形成過程常常被新見、新聞……的新經歷的事物強佔取代而致事物張冠李戴不對稱，譬如：夢見自己在縫衣，但所縫竟是片片樹葉，此因夢者在當日或昨日必曾見過地上或樹枝上的綠葉。新見或新聞……事物在心靈裡最為強勢，強勢的事物在夢裡最易做出鵲巢鳩佔的勾當，一旦鵲巢鳩佔，夢境便不自然、不真實，

顯得光怪陸離。天色晦暗欲雨，但落下地的竟釘尾螺，此為強勢取代之例。

性質，形態類似的意識模式也最常化整為零後從新拼湊為整。騎馬、騎牛、騎車等同是人身騎在物體上，同是交通、向前進……的性質，形態類似，這種意識模式的類似的事物在夢裡最常拼湊一起，故有夢見騎牛而騎著，騎著竟變成騎馬的情形，也有白天看見雞打架而晚上夢見狗打架的情形。

意識模式在夢裡出現多能首尾整體出現，譬如：我們聽到某地發生什麼事便想前往看看，此為意識模式，當它若在夢裡出現時，多能整體和盤托出，陳君聽到釘尾螺做佳餚，而進入人家廚房看看也是種意識模式，故有進入廚房看一看的夢境，廚房裡必有餐炊器具亦為意識模式－我們若進廚房不是許多餐炊器具映進眼簾嗎？故夢中的廚房也必見許多餐炊器具，因睡時的意識影像化之故也。

第二十三章　作夢的故事

夢為現實生活的反映，生活與做夢息息相關，我們若夢醒後加以回味夢境，或回顧自己生活近況，則不難發現彼此的相互關係，進而領略人類各種心靈現象和夢境的奧秘。

第一節　遺尿夢

友人張振雲在童年期，有晚夢見和一群玩伴在庭前打球嬉戲，玩得樂極忘我時他忽然尿急不忍，他以為若大夥玩得趣味正濃時忽然脫隊無異扼殺他們的樂趣而感到不好意思，於是建議玩伴道：「我們改玩撒尿比賽如何？」玩伴們都應聲舉雙手贊成，於是幾個玩伴便一字排站在籬笆面前預備撒尿比賽，而一聲：「去」幾管長尿便射向籬笆。他射得最遠，不但射及籬笆，還射達籬笆的好高處，他第一名，歡喜之餘覺得下身一片冰冷而驚醒，始恍然「啊！原來是一場遺尿夢。」

原來此夢是他睡時尿急膀胱飽脹難忍而邊又熟睡中；睡時肉體五臟受到刺激則必引起心靈活動，譬如：餓找食，渴則想找水，內急則找便所……，睡時的心靈活動即是夢，其心靈活動即意識活動；意識活動即既往生活的所見、所聞、所幹……的經歷事物為素材而這素材因夢者的肉體、感官、精神等受到外界的干擾刺激便重

現活動成夢。

　　夢中的自己（分身）仍像清醒生活時的自己（本尊）一樣具有智慧。夢中他怕玩伴們玩得興味正濃時，忽然因他的私事而中斷，而嫌嚕嗦而掃興、埋怨。因撒尿比賽也是種趣味遊戲，故提議想取而代之，這樣他便對憾事應付得無缺了，人在睡時，智慧不但未曾減少，反而更精明。

　　睡時吾人的智慧雖神通廣大了，但卻美中不足－思考本能幾乎成為零。夢中能提出妙計卻為既往經驗的重現。睡時自己的既往經驗的重現，有不少為由於事物同性質，同形態等而引起；即睡時尿急則常引起以前尿急時的種種情況重現。可能他在之前必曾遊戲中尿急而離隊又不好意思而想出這樣完美妙招經驗過，夢中的尿急情形正與之前玩球時的尿急同樣，故引起了之前玩球時的尿急情景重現，許多夢境因由於意識的性質或形態等類似而引起連鎖反應，反射而生的。

　　夢中出現的竹籬笆，滾來滾去的皮球，玩伴身影，場地彼此的互喚，喝彩歡呼……莫不活靈活現，連籬笆的竹節、場地背景的樹木，建物等都歷歷在目呢。

　　夢境的事物，景象等很少是原貌寫真般和盤托出的，因為天地間吾人能見、能聞、能觸、心理現象……都能干擾、影響，創作夢夢境，甚至吾人看不見、摸不著……天地間莫名事物都能影響或改變夢的形態，故夢境多為從現實事物變形的，或由現實事物的各片斷或部份拼湊而成的，那些竹籬笆、玩伴、場地……都是心靈創作的藝術品，而非事物原貌。

第二節　楠星娶親

　　榮嫂臥病精神不佳，有日三更半夜忽聞熱鬧的娶親的樂隊聲由遠而近，而進入她們的四合院。無緣無故，三更半夜忽有人家來娶親世上沒有更奇的了，她懷著恍恍惚惚的神志打開窗戶望過去，果然對面廂房和嫂的門前有一群娶親的人羣，嗩吶聲、胡琴聲、鞭炮聲、笑聲交織成一片喜氣，不料坐在門前靠椅上的新郎竟為村裡的於幾天剛去世的青年－楠星。

　　她毛骨悚然一陣又一陣而想：「楠星既然去世了，怎麼還會來娶親，難道是其陰魂來娶親？」她回床不一會便聽見娶親的隊伍娶得新娘打道回府，喜樂的聲音由近而遠而至完全消失。不料翌日對面和嫂的女兒艷英竟急病去世了。

　　楠星和艷英生前早已墜入情網熱戀中，可惜文定前夕他便去世了。艷英一死：「艷英給楠星娶去了……。」的謠言便滿天飛。人們以為：「艷英若非給死去的楠星討去豈能一個好好的姑娘會忽然死去，就是約定時間也難得做到如此準時契合。」

　　事態鬼使神差，加上眾口云云，真令榮嫂弄糊塗了，她以為當晚的景象若是夢幻則世上哪有如此巧合的事，若說冥婚，她又認為天地間沒有這回事，這椿怪事她一直都難辨斷肯定。以後的日子裡，每逢夜半起床上廁，她都朝和嫂那邊看一下，試圖理清被弄糊塗的腦袋；但一直都靜悄悄。

　　當晚榮嫂可能夢遊－一般人一旦起床活動便完全清醒，而所

見的完全是現實世界；但有些人當起床活動時依然還在睡夢中，他（她）們的一切舉動、所見、所聞⋯⋯都相當如做夢，此即所謂的「夢遊」。人的身體欠安，精神恍惚時其精神情況便類似夢遊，他（她）們的舉動、所見、所聞⋯⋯都如夢中。

當晚她的所見、所聞⋯⋯的情景也是種夢境，其成因結構、變化⋯⋯都不離夢理－即意識影像化，夢中聯想夢中想像，夢中回憶，都是其夢的結構原理，肉體的各種情況，睡時情緒，各種刺激，和天地間許多看不見、摸不著的莫名事物⋯⋯都是產生其夢境的成因。

故當晚那些景象雖似荒謬幻境，但必蘊藏許多文章，必有所暗示，若不然事態豈能如此巧合？

第三節　土地公

青年人，廖君種田為業，其田地在離村莊好遠的地方，田裡建有工寮，一口灌溉抽水機和養一群雞，為了顧雞和灌溉工作而每晚都宿工寮，工寮裡一到入夜便難得聽見一聲人車喧，冷靜得好寂寞。

工寮近在咫尺則靜坐著一座古老破爛的土地公壇，土地公壇平時人跡罕至，不見人家燒香，連緊鄰的廖君也從未上壇燒過一炷香，與土地公壇形同陌路。

不料有天一位當乩僮的朋友告訴他道：「昨晚土地公給你託夢，你有感覺嗎？」

「無緣無故土地公怎能給我託夢，倘使託夢總也有些印象，我連夢都沒做呢。」廖君大感意外地說。

「有，土地公確實託夢一首詩，我唸：「曙光一現忙到夜，只顧耕耘不問穫，三歲孩兒千兩價，強弱貧富一般同。」

廖君一向不信神，而以為按理託夢總有些印象，昨晚根本沒有做夢……而不大相信，不過乩僮朋友根本目不識丁，倘若為捏做的騙術也難得如此出口成章，何況他又是好友，他最感奇而不禁大加玩味的為「三歲孩兒千兩價」令人百思不解－「誰是『三歲孩兒』？倘若指的是我，但我已三十多歲了，哪還是個小孩？」『千兩價』又如何呢？大概為所指的三歲孩兒具有非凡的價值，然而所指的「二歲孩兒」又是誰呢？故總覺得毫無意思，而不相信，但雖然不太相信卻產生了很大的興趣，以為實在耐人尋味。

當再見乩僮時便立即請教他，他引述道：「土地公已八千歲了，而你不過三十多歲，故祂把你視作『三歲孩兒』，意指你在這個世界實在難得，其價值難以形容……。」

經此提示廖君始恍然大悟，以為神就是神，萬能神通，我們凡人實在不能和神明相提並論，聽若囈語的字句若非土地公指點提示，人們實在都永遠看作夢語。

廖君認為土地公說得極為中肯，他也承認。他以為世俗認為他為捏泥卵的料子，永難成器，更有譏笑的聲音傳進耳朵，他以為人不能貴賤論英雄，懂得其中道理者便非庸人，詩裡顯然具此智慧，相信非神不能，可能真的是土地公託夢，但心裡卻始終總難完全相信。

有日乩童又告訴他道：「土地公又做一首詩給你呢，你有沒感覺？」

「唔？沒有哇，我根本什麼也沒感覺，近幾夜連夢都沒有做。」他疑惑地道。

「有，只是因熟睡中沒有感覺，我唸：『天外有天奇真奇，物中有物人不知，下月轉來上月去，不知不覺一月來。』乩僮如前一樣順口成章。」

此詩大概為土地公要告訴廖君，天地間的奇妙無法想像，因為自上次託夢以來他總是百思不解而一直半信半疑。

經此一段神奇的事情後，有晚廖君破天荒到土地公壇燒香膜拜，不料當晚便夢見土地公神像對他熱烈舞動表示歡迎的樣子，連香火都擺成火圈。做夢是家常便飯；但見神像彷彿樂得飛舞擺動的則少見。

有次連三夜都夢見家裡的那條公牛賣力地拉著一大車貨物走向不知往何處的不盡長路……同樣的夢，於是他又問乩僮謂該夢有無寓意。

「有，土地公十分激賞你的為人－不嫌貧愛富，不貪瞋嫉慢而犧牲奉獻，真是超凡入聖，公牛拉車走不完的路此即比喻奉獻犧牲的精神。」乩僮朋友代言般地答道。

八月十五中秋節，顯得寒酸的土地公壇竟也有三五附近種田的農戶辦牲體祭拜，宛如窮人也有窮知己似地。當晚廖君也招好幾個朋友在工寮的穀場喝酒賞月，清亮的月光一直都沒一塊雲遮擋。他們樂不思蜀，當酒酣耳熱時，忽然土地公附身乩童，而一附

身便唱起好一長段詩句以示「今天是快樂的日子，大夥應痛飲一場……。」大夥向他道喜後，其中竟有人問祂六合彩明牌

祂答道：「××字最有希望，不過玩個趣味就好，莫玩得大過……。」

「土地公啊，我的腳風濕病該服什麼藥，能不能治好？」有一位朋友問。

「治不好，也沒有藥；因為你的生活毫無規律，飲食漫不忌口……。」祂答道。

土地公自己倒酒喝過幾杯後作個捻鬚的動作，謂：要回祂們居住的仙境了，因為我們信徒今天供奉不少酒，而且許多眾神在等祂痛飲一場呢，於是又捻幾下鬚退乩離開了。

賞月宴繼續到深夜，廖君聽過土地公說：「要回去和眾神分享美酒，痛飲一場……。」後引起種種仙境的景象和神仙飲酒的情景……想像，也老是想：「難道天上和人間一樣有什麼節日，慶宴、飲酒……？」

他帶幾份醉意上床就寢，入睡後便夢見果然土地公正和眾神們圍在一座天成的石桌正在飲酒，個個眾神莫不童顏鶴髮，長鬚垂胸，背面則是山泉淙淙如白練凌空而下的山壁而仙氣襲人。

他一連串奇夢後深感夢境耐人尋味，和嚮往神仙，但依然半信半疑。

第四節　火筆

筆者於二〇〇三年二月二十一晚餐後獨自在書房裡聽收音機，聽著、聽著而睡著了，而竟夢見村裡的阿緲偕妻和村裡的阿照、阿景等一起正匆匆趕路，趕路的畫面一消失便出現一把火筆在地面上正在冒煙（火筆為鄉人逢掃墓節時必須攜帶而到祖墳前時便把它點燃而作為引燃香燭之用的一以稻草紮結成束的禮俗祭器。）

阿照、阿景為年前均車禍去世的中年男人，此夢一見，直覺上便難免感到它是不祥的夢，因為火筆為祭死人用的，何況阿照與阿景都死於非命，令人不禁聯想起種種。

不解的是筆者與阿緲之間非親非故，亦非鄰居，從未往來……怎麼忽然夢見他們，其構圖也怪異，筆者好奇，想試試看到底此夢真的預兆什麼，象徵什麼，於是把夢境和時日都記錄起來，以後並時時洗耳聆聽有無阿緲的消息，筆者自詡精神可嘉，連續留意打聽過一年多時間而並不見阿緲有什麼或吉或凶的情況發生，日子過得平平常，於是筆者便開始懷疑夢的可靠性而一切觀察和聆聽工作都把它放棄了。

不料於二〇〇五年正月初惡耗傳來，謂阿緲夫妻因細故爭吵，他一氣之下想不開而服毒自殺，好幸及早發現檢回一條命，不久卻又因一場車禍送命了。真是禍不單行，於同年夏日的一陣強颱乃妻又遭洪水流失，一個本是美滿的家庭轉眼起了大變故，而愁雲慘霧。

親友、眾人都莫不惋惜萬份，阿緲年幼失怙，經百般折磨始自成家，本可好好過日子了，不料飛來橫禍，然而引起另一種慘痛正在醞釀而親友們都未曾發覺－乃子悲慟逾恆而親友們都未曾發覺，沒加以積極勸慰而導至不想活下去，終於在同年十二月初攜子燒炭自殺雙亡。

可見該夢似為此不幸悲劇的預兆；因為一椿事態的形成早必有許多成因發生，這些成因都是磁、電，或各種氣體而無形的，吾人在清醒生活時的感官不能感知，但在睡時感官便有所感應了，而且反映於心靈，而心靈則把它們加以組合雕塑，創作成超凡的夢境，故夢境總是先知先覺，而在預示各種情況和預兆未來的事態變化。

許多夢境因我們無法記得一清二楚或不屑一顧……而我們的夢境總是一陣雲煙溜過眼前　般白白一去無蹤，我們暴殄天物。

其成因為荷感應到非親非故，彼此毫無相關的筆者？而其家人和親友似乎無所感？其中必有奧秘－因做夢的成因彷彿電波，從起源點往四面八方輻射，少受時空限制，故人人和萬物都均沾，但一般人都未細加以留意而感而不覺，形同沒受。筆者則因有夢必記，沒有漏網之魚，故有此類似得天獨厚的情形。

第五節　朋友砍人支解

蒐科和泰眼同為一個收購青果的捐客，而蒐科早就發現泰眼懷有同行想忌的敵意，但自明升斗小民做個小生意只能求溫飽，哪裡有互相競爭的本錢？而且生意各人做，豆腐各人磨。泰眼則不然，

他為一斗米財產想欺侮五升米財產的人，以為他收購青果而蒐科也在收購青果，無異向他挑戰，對他不屑而常在殿背污衊蒐科，蒐科常聽到其傳聞，而他以為最好不要聽到，沒聽見就算沒有這回事，也不應理會，若加以理會便悖離了他的為人原則。

　　蒐科以為懷此原則天下便永久太平了，不料有天彼此狹路相逢，蒐科想走盡右禮讓，但他趨前堵住，蒐科再想走盡左讓他，但他也立即趨前堵住……就這樣彼此像鐘擺一樣擺左擺右僵持好一會而蒐科始終總是禮讓，事態也宛如一陣雲煙消失了。

　　事後蒐科慶幸無事一身輕，但也顧慮起，「若泰眼一而再，再而三或更本加厲又如何應對？他的個性得寸進尺有，而悔意的想法不可能，若弄得自己一時失去理智豈不是有了麻煩？」

　　事情雖忍過去了，但難望不再發生，他心不由己地苦思起來，盼想出一個永遠避開他的想法，但搜盡枯腸都想不到一個萬全辦法；一個村落有多闊？而怨家的路又格外狹窄。事情的徵結不能化解便鬱在心裡而傷了心，當晚就寢時便翻滾床塌久久不能入眠，好不容易入睡時便夢見好友金目喝得醉酗酗跑到十字路口見人就砍，當村裡的一個名叫阿話的男人經過也被抓住扳側他的臉加以端詳後說：「壞人」而一刀砍死，加以剖開肢解、胸腔打開、心肺腸肚都見天呢！後有一個滿臉鬍鬚面目猙獰的大漢經過，金目一樣把他抓住扳側其臉加以端詳，大漢盛怒之下揮起狼牙棒朝金目頭頂猛揮而下，金目一聲慘叫腦袋便開花了，睡中的蒐科也「哇」一聲驚聲了。

　　思慮最易傷心，人傷了心便最易做起殘殺奪命的夢，因為吾人

的喜、怒、哀、愁、愛憎、慾、思、慮……情緒太過都會傷及五臟六腑，尤其是心臟，無論哪一種情緒太過都會受其傷，蔻科就是因搜盡枯腸仍想不出萬全的避禍之道而傷了心，正和他的既往生活歲月經歷的殘殺見血恐怖景象而傷了心的過程一樣。其做成傷心的經歷事物雖不盡相同，但其性質和形態卻類似。性質、形態類似情緒在夢裡最易互相取代，也就是既往歲月經歷的事蹟會取代今天經歷的傷心事蹟。

故蔻科夢中所見的殺人濺血支解的殘忍畫面都是他在生長歲月的所見、所聞……或想像……畫面為素材而經睡時的心靈加以剪裁縫製而成。

同埋，若今晚懷著愉快的心情就寢也必然做起如：遊山玩水、沐春風、事業順利成功、朋友來訪……心情愉快的好夢，相對地，若惡劣的心情就寢也必然做起令人不愉快的惡夢，總之，睡時的情緒會影像化為夢，而夢中的各種景象、人物、情節、聲音……都是自己既往生活過程中的所見、所聞、所幹……經歷事物的直接重現或剪裁組合後的重現。不但重大的情緒會影像化成夢，而微不足道的情緒偶亦會化成夢，甚至天地間存在莫名事物和現象都會影響人的情緒而間接化為夢。

第二十四章　夢的啟動

　　凡事的發生都有其因，夢的發生也不例外，即所謂的夢因，或稱夢源，它們都是由於吾人的精神、肉體、感官等受到刺激或影響而因起睡中的心靈活動，睡時的心靈活動即是夢。

　　吾人一旦接觸事物則多能受到其刺激和影響，而宇宙間的事物又無邊無際，刺激或影響我們的事物實在太多了，身體生理運行障礙不暢，身體慣性、情緒、慾望、思戀、憧憬、嚮往、天候、冷熱、氣壓、天時、地利，從窗縫透進了的花香、惡氣……都能影響或刺激吾人的心靈而做起夢。還有天地間確實存在著，而吾人不覺其存在著的不知其數的莫名事物也都會刺激或影響吾人的心靈而引起心靈活動。

　　加上吾人睡時銳敏如神的感官和萬能神通的心靈，於是吾人的環境中若有了什麼毫塵般的事物存在或風吹草動的微變，或生理狀況，或情緒狀況……都有可能影響，或刺激肉體、感官……而成為夢因而築起夢境，因此夢境即宇宙間的事物存在情形和進行變化的徵候。

　　吾人環境中的事物……不但為吾人築夢的夢因而還繼續影響正在進行中的夢的進行方向、性質、形態、和變化狀況……。譬如：入睡時天氣燠熱，由於熱氣刺激感官和肉體而開始做起河邊游泳的夢；但旋即氣溫驟然降低而感官、肉體又受到寒冷的刺激而夢的進

行又急轉為往山林撿柴生火取暖的夢境……。又如：白天看到人家悲傷流淚的景象而自己不禁同情悲從中來而其情竟鬱於其中，當就寢時餘情尚殘留著，於是受殘情刺激而入夢便做起有個何方的無依小孩在路邊蹄飢號寒：但因風向關係源源花香從窗縫透進來，於是受花香的刺激不禁心情愉快起來而夢境也就轉變為徜徉於山水和曠野遍地花開之間的夢境……。

　　以上不過是二則粗簡的比喻，實際上夢境的形成過程其景象……無法以語言、文字完全形容，表達而人類智慧也無法瞭解明白，宛如微塵中有世界，物理中的原子裡面尚有電子、中子、核子，人體細胞中尚有基因一般。

　　尤其不解的是，我們一天的生活中的所見、所聞、所感……的經歷事物實多如牛毛，身體裡面的事物也是種夢源，身體環境中的事物也多得難以估計－有的肉眼可見的、有的見不到的，甚至有些存在於內在世界而我們不知其存在的，這些事物都可能影響或刺激我們而啟動做夢，但並非一定會，啟動做夢只是偶然，能使啟動我們做夢的也只有其中一二而已。我們一天經歷的事物何止千萬而能啟動做夢的則僅其中一二，此實有蹊蹺，其中必有道理和奧秘，我們打破沙鍋問到底的是這些。

　　我們天天都經歷吃飯、洗澡、刷牙、穿衣、走路、幹活、聽見雞鳴狗吠、汽車聲無數講話聲、看見人、狗、貓、雞……難以勝數。但並非每見、每聽……事物都會引起做夢，能在萬綠叢中凸出一點紅而引發做夢其中必有其因素和條件，可能天地間有許多因素和不知名的事物在影響或刺激而做成。

　　一般來說在安靜的環境裡和平靜的心情下的所見、所聞……的事物最易產生入心入用，產生了入心作用的事物便有入夢的機會；產生了入心作用的事物並不一定就能引起做夢，因為吾人每天的生活過程中必有不少入心作用的事物，但我們哪裡有時時做夢？睡時的環境也當然有許多事物在影響或刺激吾人的感官，但引起做夢的幾何？可見引發我們做夢而我們不知其中的神秘因素一定不少。

　　夢的發展結構雖名為夢者自己的心靈產物，其實夢境的形成都是受到環境的影響而成，天地間有許多神秘事物呢，如天時、地利、瑞氣、邪氣、氣數、個人運氣……。夢境可謂天時、地利、運氣……的反映，也是其徵兆。

第二十五章　摸擬夢境的形成過程

　　筆者於九十四年十二月卅日晚夢見一個不知名的小鎮正準備迎神盛會，大廟裡奏著古樂，廟前廣大的空地裡許多廚子忙著做外燴準備大宴，街角正在唱外台戲，家家戶戶門前擺起接神的香案，人潮洶湧，更引來各色各樣的攤販，街道五彩繽紛。

　　由於不期而遇，又是一個陌生的地方而令人以為是個新世界，世外桃源，甚至天上。我的分身（夢中的我）喜出望外不禁流連忘返而一條街逛過一條街，不料走到一個拐角忽然人群中出現二個年青人熱烈地對我打招呼，尤其其中一個更多情體貼，於是三人便結伴同遊，我此時確實樂得忘我陶醉，墜入情網了，因為我一向渴望友誼而二個年青人則對我百般殷勤體貼，這種溫馨有生以來從未遇過的，我實在如願以償完全滿足了。

　　不料走進一個拐角二個年青人竟不告而別，失蹤於人群中不見了，我極為不忍，苦苦找遍每一角落，但依然杳無蹤跡，我也在一處耍特技賣藝的一堆人群中加以搜尋也不見，令我完全失望。不料走到一個拐角，那二個年青人又從人群中出現而熱烈向我打招呼，我失而復得，重溫舊夢，但樂得夢醒了。

　　這場夢的成因為我在不久前的有一天出遊，路過一個人地生疏的小鎮，該鎮正在舉行迎神盛會，極為盛大熱鬧；舞獅的，弄車鼓的，家家戶戶門前擺起接神香案，各色各樣的攤販雲集，鼓樂喧

天……加上人地生疏，彷彿世外，又因不期而遇，故令我如臨天上
世界，不禁流連忘返，逛個足夠，走遍每一角落，留下深刻印象，
戀戀不忘。

　　事後懷念之情雖然隨時間的增長而淡化，有天路過傳來一陣酷
似上日在小鎮聆賞的鼓樂而不禁淡淡憶起在小鎮目睹往事，這個小
憶淡淡，轉眼似乎完全消失了。其實它並未完全消失，它尚有絲毫
殘餘留在心底而不自覺，恰逢當日社會上並未見什麼令我動情，動
氣的大事，而那小小殘留回憶未給其他新生的情緒和煩雜心思干擾
而一直在心底，當晚就寢時，這個小小殘留回憶在沒有其他情緒和
思維的干擾下竟脫穎而出，而影響入睡中的銳敏心靈而引起心靈活
動－－睡時的心靈活動即是夢。

　　小小微塵事物常在夢裡星火燎原，於是做起逛廟會的一場大
夢－夢中大廟裡古樂喧天，鞭炮煙硝瀰漫，家家戶戶香案接神，攤
販隨處可見，弄車鼓的、舞獅的、唱戲的……宛如藝術博覽會，夢
中的我（分身）如置身天上樂得四處逛，而流連忘返。

　　夢中不但上日的廟會現場景象一一出現而還加油加醬而致夢境
更多彩多姿呢。因為同類意識（既往所見、所聞……的同性質，同
形態的經歷事物）在夢裡最易化整為零或化零為整而融為一體或拼
湊一起或取而代之，而當在夢裡出現時已成別有的景象和姿態，非
片斷就是增長、變大了。

　　假使早上看到一隻花狗在馬路上遊蕩，而當晚便夢見那隻狗
在遊蕩，則在小時候所養的愛犬的體形或習慣動作，或十年前所見
在馬路上遊蕩的一隻狗的體形、動作甚至既往不知何時、何地見過

的許多隻狗的體形，動作等都會趨之若鶩，像電波一般趕來拼湊一起；因為牠們為同類，於是便成一隻花狗瘋狂地吠或猛然追逐另一隻狗，或向主人搖頭擺尾……的夢境，其蛻變過程不經過時間，我們看不到其融拼過程，牠們的變幻有如點石成金。

同理夢中的廟會景象也是上日在小鎮所見的廟會景象衍生而成的，其性質、形態依舊，只是同類插一腳而加油加醬，而總與小鎮當日廟會的原貌有所出入了。

至於夢中我走進街角而忽然有二個陌生年青人對我熱烈打招呼，百般慇勤體貼的場面為我從電視劇情看來的畫面，由於其節目中有盛會，人潮滾滾畫面，而人群中出現二個年青人向一位美麗的姑娘熱烈打招呼而百般討好的情節，一向羨慕友誼的我不禁產生移情作用如同身受，彷彿那二個年青人是在對我親熱而令我喜出望外，而且電視畫面上的人多熱鬧景象又頗似廟會裡所見的景象，夢裡的事物或景象大都由既往所見、所聞……的同形態，同性質的事物拼湊而成的。同理，上述夢境也是同樣的情形下拼湊而成的。

夢裡我和年青人邂逅後三人便攜手到處逛，其樂難以形容。不料我們走到一處熱鬧的街角那二個年青人竟不告而別杳無蹤影，多情的我依依不捨那失落的溫馨，而淚汪汪一條街找過一條街，終不見年青人的蹤影，失望之餘還流連街頭而遇見野台戲便滯留一會，見街頭賣藥的也湊近看看。

以上夢裡遇二個年青人的情節在現實的小鎮廟會裡並沒有碰遇而是從電視看來的景象。至於失而復得－－那二個年青人又忽然出現在街角人群中，真是踏破鐵鞋無覓處，得來毫無費工夫而又見年

青人熱烈向我招手，其理也同上，因為我失望之餘難免幻想年青人還會在街角出現，而我們睡時的心思即是夢，故有失而復得的情節出現。

至於街角人群、路邊攤販、建築物……都是潛意識的影像化，並非在小鎮目睹的人群、攤販和建築物……原貌，都是既往的所見、所聞、所幹……的事物拼湊成的。

意識影像化的過程是這樣的；假使我們夢到街角則，街角人群、車輛、建築物、販物攤……都會出現，甚至攤販招徠聲都可聽見，此為意識模式。譬如房屋，在我們的意識裡其必有屋頂、窗戶、牆……，此為意識模式，若房屋在夢裡出現則大都整個模式和盤托出，但原貌事物在夢裡出現的很少見，故夢裡所見的廟會景象極少是從小鎮廟會的景象原貌，大多被同類的意識模式所取代。看來雖是廟會景象，但與所見的廟會景象大異其趣了。

在小鎮所見的現實廟會景象本是平凡純樸，但經化夢過程因同類意識的紛紛湊聚和各種心靈活動的影響而成夢後已精緻化了，已成超然的新世界，夢的形成都是由於許多自然原理和成因做成，其數量之多實難以想像無法得知。

以上所舉不過是夢境形成過程中的九牛一毛，因為睡時的智慧萬能神通，變幻無窮，神秘莫測，當吾人清醒時智慧竟一變為平庸無知，不但無法明其內容，甚至當夢醒所做的夢境便忘記殆盡，連夢見什麼都毫無印象，而且天地間還不知有多少既存在著而吾人不知其存在著的事物，這些事物依然會影響或刺激吾人而做起夢。因此啟動吾人做夢或令夢境發展，變幻的成因我們無法完全知道。故

夢境的形成過程也難得完美詮釋。

　　以上所舉雖然未臻完美，但若讀者舉一三反則必獲得正確的夢境形成過程的概念，不會把夢境視為荒唐無稽了。

第二十六章　傳統解夢

　　夢境確實神奇莫測，耐人尋味，又彷彿在預兆吾人的禍福命運，安危得失，令人百思不解。

　　前人不但對夢境的神秘嘖嘖稱奇而還想打破沙鍋問到底，奈何早時科學智識缺乏而終難如願，欲極而不達，於是有的弄致胡亂臆揣而成瞎子模象，解法紛紜。

　　前人的解夢多為直覺的，卜卦式的，神話式的，沒有邏輯，而且不出禍福命運，安危得失的侷促窠臼，其實夢境不止預兆禍福命運等，而是在反映世上的一切事態。

　　茲例舉傳統的各種解夢方式如下：

第一節　象徵解夢

　　凡事物都有其象徵性，象徵性都由其事物的性質而起，譬如：利劍的性質為殺戮的，敲鑼打鼓多為慶典活動的……，我們若一見它或聽見它便聯想或想像到其性質作用方面，此即其象徵性。

　　夢境的奧秘，人類智慧還想像不到，好奇的人們每夢嘖嘖稱奇，又疑其中有所暗示，便不禁加以胡亂臆揣；因缺乏技巧之故便以直覺的象徵加以解釋，把它玩味一番。

　　這種解夢不過是種天真原始的方法，誰相信會靈驗？我們聊以

聽之，姑罔信之，縱偶而言中也不過是椿巧合。除了想像中的神仙真的會託夢凡間，以夢境象徵示意吾人，否則難得靈驗的可能。

至於事物的象徵性也因各人的經驗不同而有所異，難得客觀，於是同一夢境的見解也就大相逕庭了，見解紛紜無異瞎子摸象，莫衷一是豈可信之？

不過人類天生許多難以補救的缺失－總不能化翼在天空飛翔，不能感知天地間所有事物，無法預知未來的事態……。

這些人生缺憾人人都殷盼有所補償，而前人認為這些人生缺憾夢裡可獲得補償。夢也確能對人類有所補償；只是我們的解夢還未有心得而已。

第二節　諧音解夢

早人亦以諧音解夢，即以為其夢的意思即其夢中事物中的同音事物的意思，譬如：夢見「四」字，因其音與「死」字諧音，而便以為其意與死相關而視為凶兆。若夢見陸地則「陸」與「六」諧音便以為夢境示意「六」的數目；若湊巧是時夢者對某事物的數量決定猶疑不決則以為夢在示意「六」的數目，或以為神仙託夢示意某個數目……。

這種解夢可謂天真的看法，是種附會，自己閉門造車的，夢的含意沒那麼簡單－聊以玩味可以，若鐵口直斷則失之千里了；完全不可靠；除了世上真的有神仙託夢這回事，若不然豈有靈驗之理。

而且不同民族、不同地方，其語音也不相同，於是同樣事物而

其見解又不相同了。同是一種事物而各抒見解，哪裡可稱為一種方法？夢為自然現象，其過程必循其自然原理，我們若要解夢則必先尋求其自然原理，按其共同原理解夢始能達到客觀正確，起碼不致胡說亂猜，失之千里，貽笑大方，而且早時諧音解夢只在臆猜禍福命運，其實夢境的預兆包羅萬事萬象。

第三節　神話解夢

　　夢境也是超自然，超現實的，現實世界看不見的現象或事物在夢裡可見，在現實世界裡人們不能為力的在夢裡隨心所欲，夢境世界真是應有盡有，能點石成金的萬能神仙，大自然裡諸多令人不滿意的缺失，人類天賦本能的諸多缺憾……在夢裡獲得完全補償，這些補償是自然形成的。

　　神話是人們對現實諸多不滿而自製彌補而自慰的。把笨重的人體貼補成能騰雲駕霧或上天遁地，把頑石點成金團……，雖然彷彿畫餅充飢，但總過個乾癮了，以神話模式解夢，永遠難實現，我們姑妄聽之信之。

　　神話與夢境頗為類似，同是能騰雲駕霧而前人竟附會以神話模式解夢，譬如有一則神話謂：「某君夢見一條龍飛進家裡而妻子便因此而懷孕、生子，後來長大成人得了天下當起皇帝……。」於是便以此模式解夢，以為夢見神龍入宅必生貴子……。

　　早時雖然沒有神話解夢的名稱，但神話模式解夢極為普遍而都不見得有靈驗，因這是人云亦云，因早時科學未昌明只好以直覺聊

以解之了。為荷夢境怎會有如傳說中的神話模式？因為夢境無奇不有，難免出現與神話類似的模式，模式一樣意義不相同，難得夢境的真意，偶有應驗也只是巧合，而且夢境的示意包羅萬象，神話故事則為人工塑造的，不自然。夢境則自然形成的。

第四節　「夢是反的」

「夢是反的」這種解夢法無論古今中外，各種民族莫不崇信不渝，意即夢好則反而是壞的預兆，夢壞則反而是好預兆，夢見親友亡故反而是好預兆，夢見沉疴中生死掙扎的朋友忽然飛黃騰達則反而是個凶兆，即夢死則生，夢生則死……的意思，而且互古百試不爽，有人不但深信；甚有鐵口直斷者，可見早人對「夢是反的」崇信一斑。

不過前人這種解夢法僅留意在人命的生死安危方面，彷彿「夢是反的」預兆只限於人們的生死命運似地，而其他萬事萬物則不加以留意。

「夢是反的」夢境多在近親、好友……自己最關心，最親密的人病危或生死關頭……時出現，譬如：親友病危或身處生死關頭時夢見他（她）死亡，甚至見其送葬的行列綿延千里極盡哀榮……或夢見病危的親友忽然飛黃騰達……都預示其相對的現象。

「夢是相反的」在我們鄉裡有不少靈驗的實例，可見它並非瞎猜還是巧合，而是具有科學原理的，由於天地萬物生生不息變化無窮，其生變過程中可能產一種磁場，而其磁波則像電波一般朝上下

八面輻射，於是萬事萬物都能感應到其磁波而影響感應者而做夢，甚至影響進行中的夢境形態，而其形態即含意，預示世態萬事萬物變化的狀況。

如此說來我們不禁會問：天地間的事物不可勝數，且瞬息萬變而其產生的磁場豈不是像彈藥庫產生爆炸，彈片火光四射交織、重疊、連鎖不止？是的，天地間萬物產生的磁場確是如此，不過小者能量不足很快自然消失，或者大噬小－強吃弱，最後成為強者的世界。

天地間萬物的磁場的活動亦像一泓清水受到亂擊一般紛紛生起漣漪，雜沓重疊而最後只有一個大漣漪抵達岸壁一般。

人的生死存亡為人生大事，對人來說是個磁波大漣漪，本是萬物，和人人都能感應，不過無情萬物受而不感，彼此毫無相干的人感而不覺，而只有彼此感情深密，深切關心的人始能感而相應而化為夢境，而以夢境的圖像結構情形和情節示意於人。

夢境預示生死吉凶常以相對－「反」的方式預示出現，這種方式看起來不太自然卻好像是客觀靈驗的公式，彷彿背後有第三者（神祇或祖靈……在排演，而習慣以「反」的方式示人。）至於其他事物的夢境是否具有「反」的意思不可而知，由於世事龐雜，誰能一一加以留意？也無法一一留意，故夢裡的事物有無反的現象我們不易發覺。

第五節　神祇託夢

　　人間似有神祇或祖靈……託夢的情形，人們在傳統上普遍相信，由於它能指點我們的迷津，點破問題的死結，令我們恍然大悟而問題迎刃而解。

　　其出現多在人們身處生死關頭，四面楚歌，大事彷徨……時在雲端吶喊，或語重心長地叮嚀，或以各種形態的夢境示人。其夢境呈現針對某種問題核心，常一語點醒夢中人而問題癥結便迎刃而解，非一般夢境所能比，夢境神機妙算與具邏輯，則彷彿精密機器背後必有設計人一般，布袋戲亦然，若無人創作劇本和師傅予排演那些戲偶豈有生命和情感？

　　故夢境若無萬能的神祇背後排演示意則絕難得到神機妙算的指點，背後有第三者在排演始能有充滿玄機的夢境。前人有不少經夢的指點而脫身災劫和成事的事蹟。

　　神祇託夢並非不可能，由於吾人睡眠時天地人合為一體，其睡時分身能上天沒地互通陰陽，可與神仙交談溝通正為一座仙凡的橋樑，人類秉賦許多缺憾在睡時獲得不少彌補，吾人睡時幾乎成為神仙了。

　　不過神祇託夢並非兒戲，家常便飯，而是神聖的，嚴肅的，非在最重要關頭難得一見，也不會輕易給任何人託夢……一個玩世不恭，偷雞摸犬，無所不為……的壞人神祇豈會青睞？故我們不可動輒以為神夢，更不能鐵口直斷肯定含意，它不過是給我們靈感和作

為料事的參考而已。

第六節　人體生理解夢

　　夢為反映天地間萬事萬物運行，變幻狀況的，因天地間的萬事萬物十分龐雜，我們所認識的不過其寥寥一二而已，我們既不認識它們的存在而其變幻情況反映於夢則我們更茫然，身體生理運化狀況反映於夢當然不例外。身體是自己的，若有風吹草動春江水暖鴨先知，尤其是醫者，對身體生理的奧秘都深一層認識，中國醫藥遠古時已很發達，早在黃帝內經裡已闡述現代醫學尚未發現的生理奧秘。

　　經云：「心病，實夢驚怪，虛夢煙火。」「實」為不缺的意思，而心臟並不缺營養或衰弱……而致病，而是因外來傷害而致病的，而反映於夢則多見可怕的事物。「虛」為不足的意思，心臟由於營養不足或衰弱……所致的心臟病，其反映於夢則多見煙火……情形。

　　又云：「肝病，實夢山林，虛夢細草。」因肝屬木，其性宛如草木，逢春茂盛，隨風搖動，實病，其能量強盛也，所夢多為空間廣大體質碩大的樹木。虛病，因婀娜細弱也，所夢多為纖弱的細草。

　　又云：「肺病，實夢兵戈，虛夢田水。」意謂肺臟元氣本無缺，但因外邪等的侵入而致病則常夢兵戈。因肺臟的性質屬金，兵器又以金製，故常以兵戈反映於夢中。

　　肺臟因元氣不足而致病者，因在五行中金生水，故夢中多

見水。

又云：「脾臟實夢歡樂，虛夢爭食。」意謂脾臟元氣本正常，但因外邪等的侵入而致病者常夢見唱歌歡樂，因五臟都有相屬的聲音，而脾臟相屬的聲音為歌，故夢中常見歌唱歡樂的情景。元氣不足而致病者，因脾臟為消化器官，若有障礙便常饑餓感覺，故夢中常見饑餓爭食的情形。

又云：「腎臟，實夢腰重，虛夢涉水。」意謂：腎臟元氣本正常，但因外邪等的侵入而致病者則常夢見身體腰重，因生理上腎主腰，腎臟有了障礙則常見腰重腰痛，而睡時的心靈又更銳敏，故易夢腰重情形，元氣不足而致病者，因腎臟為主水的器官，主司泄水，若有了障礙水便殘留不盡而積於下肢，令人宛如浸在水中，故常夢涉水。

由此我們可證實夢並非空穴來風，都是有其成因的，而反映成夢的是其「果」，由其「果」可窺見「因」的情況。前人對其他解夢都顯得胡猜亂說：唯對身體狀況的解夢最具科學，大概由於身體是自己的，世上沒有其他事物與自己的身體這麼密不可分，身體絲毫風吹草動自己春江水暖鴨先知，故易早發現身體狀況竟與夢境如此密切，由夢境形態、結構、性質……便可解讀身體狀況。

由此類推到其他萬事萬物與夢的關係並不離這個原則，由夢境追蹤其「因」，由夢境解讀人生萬事萬物，只因宇宙萬物無邊無際，我們無法完全識透。故我們解夢也不免種種困難。

第二十七章　理想解夢

　　事物若不以邏輯或科學加以詮釋則永遠都是神話、迷信、謠言……，智識便永遠停滯不進。傳統解夢正是如此，萬千年來一直停滯在神話、迷信、謠傳中。

　　殊不知夢為宇宙萬物，萬事運行變化的反映；因為吾人睡眠時，心靈銳敏如神，吾人清醒生活不能感知的宇宙和命運的變幻睡時的心靈能感知，且反映於夢中而預示於人，夢境實為先知先覺，一座智識寶山，而我們則進寶山而空手回，實在暴殄天物。

　　此也難怪，因早時科學智識缺乏，心有餘力不足－現在科學昌明了，我們長袖善舞了，不能再把寶物棄之於地，應善加利用。茲舉理想中的解夢法於下，供參考。

第一節　尋求夢的成因

　　萬事萬物都有其成因，夢亦不例外，我們夢後若加以追蹤尋源則多能發現其成因，其成因都與我們生活中的所見、所聞、所感、所幹、所觸……經歷事物有淵源，都由經歷的事物所因起。

　　夢的成因不但由我們生活中的事物所引起，甚至夢境的進行、發展、圖像的結構、情節……莫不都是既往的經歷事物，置身其中的環境事物，夢者自己的情緒、意識……影響下而形成，加上吾人

睡時的感官敏若神靈，而我們清醒生活時觸而不覺，視若無睹，過眼雲煙，時遠忘得一乾二淨的……微不足道的小事物，睡時的心靈還一清二楚，亦可能成為夢的成因，故夢境看似無中生有，光怪陸離……都是由於我們沒覺察到其成因之故也。

譬如：我們白天盪鞦韆，而晚上便夢見自己羽化成仙，遊天闕、見玉皇……而莫名其妙，而大感荒唐。殊不知它並非空穴來風而具有其成因的，因為盪鞦韆把身體拋得高高而旋又跌落，迴腸盪氣，身體輕飄如飛，雖然停盪休息了，而身體依然飄飄然，這個身體慣性多不自覺，而當就寢時還殘留著，當一入睡其慣性便影像化，而成為飛上天際的夢，這樣的做夢現象家常便飯，只是我們沒覺察而已。此作用是物理現象，有其原理的，物體若是輕飄飄則動輒飄起來，並非魔術或鬼怪。

不過天地間存在著而我們不知其存在著的莫名事物還不知凡幾，例如電波、細菌、細胞、各種原素……不是開天闢地混沌期便存在著的嗎？但人們認識它們的存在不過近代的事。

這個莫名事物雖然我們還未認識，但依然會影響，或刺激我們睡時的感官而化成夢，如人的運數，天地間的瑞氣、邪氣……，都會影響或刺激人們睡時的感官而做起夢，而且由其事物的性質、形態……創造出各種各樣的夢境，而其夢境的形態和結構便有所流露含意和預示。

不過我們都望而不可及，因為我們根本沒認識莫名事物的盧山真面目，因此我們只盼假以時日，或許有一天便有所發現其奧秘。

第二節　尋求原理原則

夢確實為一種自然現象，因為人人都一樣會做夢，夢的形態、變化……都有其共同處，形成過程都有脈絡，夢既然為自然現象，我們詮釋也應以科學方法尋求其共同的原理，原則以利探究夢境的奧秘。

法宜我們夢醒便首先把夢境反覆重溫而至滾瓜爛熟，不然夢境轉眼消失無蹤。把夢境牢記後我們便可開始追蹤夢的成因，其成因幾乎都是自己既往生活中的所見、所聞、所幹、所感……經歷事物，尤其剛過的近日的經歷事物，因為新近的事物在我們印象裡最為強勢，強勢者當然捷足先登，若如此我們便可能發現夢境竟與日常生活密不可分，也就是說夢是由生活做成的。

我們無論對什麼事物都宛如「近山識鳥音」－對某種事物接觸的時日長了自然瞭如指掌而具密度和深度，真理也自然浮現，可發現構成夢境的原理、原則了，但我們還且慢下結論，以後的日子裡若碰見可供作參考研究的現實事物，各種自然現象、心理現象、各種夢境……都可作為研究的資料，待瓜熟蒂落後始可下定結論，探求其共同原理可算一段落了，但以後偶而仍需要求證。

例如，前面提過多次的身體輕飄飄的慣性在睡時會化為羽化成仙，飛上天際的夢境的共同原理都經由好多場性質類似的夢以不厭其煩地加以深入探究而獲得發現的共同原理－我有次騎單車經過下坡路而車子不用踩便悠悠而跑，由於反作用，身體便輕飄飄飛將

起來的樣子而當晚便夢見自己羽化成仙飛上宮闕晉見玉皇。有次逛公園，像小孩般好奇盪起鞦韆，鞦韆把人拋上高高，又把人高高凌空拋下令人迴腸盪氣，飄飄欲仙，而當晚便做起自己彷彿一隻飛鼠一般從這棵樹頂飛過那棵樹頂，悠然如鳥。有次搭電梯上高樓，身體宛若在飛，而當晚也夢起飛上天。有次挑擔遠行，雖然休息不挑了，但身體有了雙腳老是邁前的慣性，當晚也就夢起自己挑著擔子走過一山又一山，一村又一村的夢，此亦為身體慣性引起的夢境。經過多次如此夢境我發現了這慣性化夢的原理。

第三節　探究心靈世界

夢雖是因外界的影響或刺激而起，但塑造夢境種種形態的工程師還是自己睡時的心靈，因吾人睡時的心靈已搖身一變為萬能神仙，故能以鬼斧神工創造出神入化的超凡境界。

可見吾人睡時的心靈遠較清醒的心靈聰明多了；清醒生活時不能感知的事物在睡時能感知，清醒生活時未具的本能在睡時已具有了；清醒生活時頭腦遲鈍的人在睡時變成精明的人了－一個木訥寡言的人，張口結舌；但在夢中則辯才無礙，對答如流了。

睡時心靈能憶起四、五十年前的鵝毛蒜皮小事，能感知天地間已存在著而吾人尚不知其存在的莫名事物；更能把深藏於我們心底而陌生不自覺的無數潛意識以具體的姿態重現，而像放電影一般展示於吾人而我們可目睹在記憶裡完全消失的陌生事物的盧山真面目了。

　　清醒時沒有的心靈現象睡時有，清醒時憶不起的陳年往事睡時
能憶，清醒時，人的想像，心像都見首不見尾；夢裡卻和放電影一
般歷歷在目，我們陌生的深藏於心底的潛意識在睡時能以具體姿態
重現，而像放電影一般展示於吾人而我們可目睹在記憶裡完全消失
的陌生事物的盧山真面目了。

　　可見睡時的心靈現象遠較清醒時的豐沛多了，且更有深度和密
度，並把無形抽象的心理現象為具體的姿態出現。這樣我們便能發
現許多心靈的新大陸，對心靈方面見多識廣了。心理學若在夢境裡
尋找資料或靈感必赫然發現很多心靈奧秘；我們長袖善舞了，許多
心理疑問可迎刃而解了。

第四節　探求夢的預兆

　　萬事萬物必有因果，有因必有果，形成事物的根源為因，因成
了規模便是果。因果是相對而言的，因成了果後其果便搖身一變為
因－氣壓、溫度、水氣……產生了烏雲、氣壓、溫度、水氣……是
因，烏雲是果，然而烏雲又化為水滴下起雨來了，這時的烏雲變成
了因而雨是果。雨滋潤大地，使萬物欣欣向榮或使湖滿圳溢甚至一
片汪洋，此時的雨便成為因，一片汪洋是果……，因果就這樣循環
著。萬物如此，夢境也不例外，其形成過程必有因做成。

　　我們逢天氣奧熱，氣壓變化，水氣重，礎有出現濕潤便預料天
將下雨而烏雲現，烏雲一現我們也料到會下雨，雨一下我們便料到
湖滿河水漲，甚至山洪瀑發……。這個因果循過程不是流露著將有

什麼事將發生嗎？當然夢境也具此暗示在，只是十分玄奧我們難以發現罷了，世間的事物我們若不知就算世間沒有這種事物，夢境中的暗示人類沒發覺就宛如天下沒這回事。

夢境有所預兆，但不止如前人所認為的僅預兆吉凶命運，其實夢境都有預兆大自然變化、社會現象、政治情勢、人事變遷、事業指引……包羅萬象，因為吾人睡時的感官銳敏如神，環境中一有風吹草動，天地間的瑞氣、邪氣，莫名旳物質……的變動都瞭如指掌，而且反映於心靈而引起睡時的心靈活動而睡時的心靈活動即是夢，故夢能反映（預兆）環境……的變化情形。

譬如：我們睡著、睡著而忽然天氣轉壞，天上正在打雷閃電，屋外雨前冷風一陣一陣而熟睡中的人們的感官便有所感知雨前的氣氛而反映於心靈而引起心靈活動而夢見下雨的景象，那些下雨的景象都是夢者以前在生活中的體驗—看過、接觸過……經歷事物的意識在睡中重現成夢的，其景象雖是陌生，其實它們都是我們已忘記的往事的某次景象的和盤托出或由多次的經歷化零為整而呈現的成品。

因為這個夢境是由下雨前夕的冷風，冷氣刺激我們的感官而引起的，這個冷氣、冷風令人有如置身面對雨天一般，人處在某種情景下則與其同類的意識必乘機而重現，於是下雨的夢境形成矣，故一切夢境的形成過程都是這樣的公式，它們都具邏輯和來龍去脈，所謂一切夢境都有預兆是這個道理。

夢雨醒後常見開始下雨，或天明以後始見雨滴，此並非巧合，而是自然的成夢過程，每一夢境都不離這個原理、原則；不過下雨

這樁事是具體的，可見、可取可觸……，其預兆可以目睹；但有許多事物是無形的，或微小如塵的，甚至我們連它們都存在於這個世界而完全不知道的，故它們縱然化成夢，我們也不易追尋其成因，其預兆呈現眼前我們也不易感覺。

可見我們想知道夢在預兆什麼都非易事；不過我們逢夢便加以玩味，假以時日總會獲得些心得和名堂。

第五節　意識模式解夢

意識模式的形成是這樣的：凡是我們生活中看過、聽過、幹過、感覺過……的經歷事物都成為我們的意識，意識若經久遠的時間而忘得一乾二淨的，或十分微小而毫無印象的……，便會成為潛意識而形成意識的過程和形態為意識模式，譬如：我們見過了一個石頭而便有了石頭是怎樣的一種東西的意識，但在東邊看到的那一顆石頭大而圓而光滑，在西邊看到的那一顆石頭則嶙峋怪狀，在南邊看到的那一顆石頭則呈扁薄盤型……。這些是我們對各顆石頭意識模式。又如：我前天起床早而天空晦暗而時間寬裕而刷牙、洗臉都從容不迫，昨天起來遲而天氣晴朗，時間緊迫故刷牙、洗臉都匆匆進行，今天起床時間正常，天上下著雨、刷牙、洗臉……，都平常進行。

從上面的例子看，同是同類的東西或同類的起居生活其模式都不盡相同，可見每一個東西，每一樁事總有其獨特模式，我們一趟出遊走了一萬步，而其中每一步的模式都不盡相同。我們清醒生活

時哪能把它有所分別？但在夢裡則涇渭分明。

這樣說來我們的意識模式（每一個人的）豈不是多過恆河沙數？是的每一個人的意識數目確實多過恆河沙數，意識模式也同樣。不但事物如此而連每一個人每一天生活都各具模式，每一個人的居住地理環境、家族、親戚、交友……也是模式。

意識影像化、聲音化……，而在夢裡多以具體姿態呈現：如感情、景物、聲音、味道、氣味……，而一旦出現而若沒受到外界干擾則多能和盤托出，頭尾整體出現。

但意識在夢裡重現很少原貌整體出現的，多為物以類聚混合得面目全非，譬如：雞打架與鴨打架，其形態和性質都頗為類似－同是體形不大的家禽，同是在爭天下……，在夢裡常常前段是雞打架，後段卻變成鴨打架。地埋環境的意識也常常物以類聚，譬如張家屋前一棵檬果樹，夢裡卻常變為李家門前一棵檬果樹。

以上不過是一個較明顯的舉例－萬事萬物莫不如此，都面目全非，令人以為那是魔術，殊不知全是真材實料，全是自己經驗意識的重現。

意識模式全貌和盤托出的並不多，多為同類模式化零再拼湊而成，其架構依舊，但面目已全非，譬如：牛和馬同是家畜，軀體又大同小異，同是四隻腳……，在我們的意識裡其模式屬同類，故最有可能由其各部份拼湊成牛身馬頭的怪獸在夢裡出現。同理、同類模式的事態也如此情形；小事態我們不易發覺，但若長篇的事態變身則令人摸不著腦袋。於是便有坐船進海底到龍宮娶海龍王的公主，娶親的同行中有好友也有陌生人。回家一看新娘竟為一位美麗

的紅星……不合事理情形。這些都是聽來的故事，自己生活中的經歷事跡，電視劇畫面……拼湊成的。本是東鱗西爪，不知何時經歷過的事物在夢裡卻拼湊成魯濱遜遊記……。

意識模式在夢裡分合變幻複雜過程中，按理必然流露些未來事態的跡象；不過其跡象極為微小，不易覺察，我們的主要目的還是從其變幻過程中尋求其脈絡和人類的心靈世界，或許從它們的變化中能窺探宇宙萬物，夢的奧秘……。（參閱第二篇第二章第九節、第二十章第六節）。

第六節　情緒解夢

我們若懷著某種情緒上床就寢則其情緒在入睡時必化為夢，什麼情緒便生什麼夢境，若懷著驚恐的情緒則做起驚恐的夢境。譬如：我們若目睹一場打殺或電影恐怖畫面而驚恐萬分而睡時便會一場恐怖的夢境，雖然不一定是殺人的畫面，但一定同樣是恐怖的。

若逢得意事，精神愉快，就寢時也必夢見同樣的歡樂夢境。總之有其情緒便有其夢，夢境反映自己的情緒狀態。

其夢境的素材都是自己既往經歷的狀況逢同樣的情緒時便乘機在夢裡重現。譬如：自己目睹車禍的慘狀而心有餘悸則睡時既往目睹的車禍場面，下學途中有人要追殺他或聽人人家描述那裡強盜殺人而引起的恐怖想像，或電影恐怖畫面……便乘機紛紛重現成夢。

一般來說，重大的情緒較易化夢；但也不少微不足道的，甚至連感覺都沒有的情緒也會化夢－就像書本一時沒拿好掉落地而要俯

身撿起的煩厭小情緒有時也會化夢。

　　情緒化為夢境的過程為心靈的自然現象，然而雖然為自然現象亦有其預兆作用。由於其形成過程中的取材、情節、組合、變幻情況……莫不都是受到身邊環境、天地間的莫名事物、天候變化、自己氣運……影響而做成的，故有其因便必有其所反映的徵兆；但其徵兆千頭萬緒，難見其端倪，不過情緒解夢的主要乃是窺探人類的心靈世界，追尋心靈奧秘，由於吾人睡時心靈遠較清醒時更有密度和深度，甚至清醒時所沒有的心靈現象睡時有，睡時的心靈現象如此豐富，我們若加以分析研究而作為心理學術研究的資料則對心理學有長袖善舞之效果。

第七節　會意解夢

　　夢境宛如天象，無論大小變幻都必有其成因和預兆；只是輕重巨微或一閃即失之分別罷了。

　　有的夢境可以從夢裡詮釋預兆；但有的夢則十分玄奧，有如神異現象，我們若想正確解釋其所預示實不是易事，因為天地間的萬事萬物……我們認識的、不認識的、看不見，摸不著的……都會影響我們而做成夢的成因，而天體運行、風雲變幻、氣運的好壞，以及環境的靈邪……都會反映於夢境中。我們既無法完全認識天地間的事物，豈能瞭解其所反映的預兆？

　　夢境確實有所示意，只因人類能力所限，難望鐵口直斷，難得毫厘不差，故我們只好退而求其次，或許堪用，依筆者經驗我們若

把夢境與天道、時代、世態、環境、自己處境……，加以對比、推臆、假設、演繹……則必發現其中奧理。雖然此並非方程式，但可窺見其眉目了而我們的天生缺憾總有所補償了。

例如：上面的章節曾提過，筆者有個友人夫妻一向甜蜜恩愛，已白頭偕老，不料有晚竟見一場奇夢，夢裡老伴將改嫁，要離他而去，而在化妝師的幫忙下正在化妝準備上轎，他悲痛萬分老淚縱橫苦苦哀求，然而老伴無動於衷，終於上轎車離他而去。據說情郎是已死去不久的故友　賴振興，當他夢醒時滿面淚水，事發晴天霹靂，太悲痛了。

夢境離奇，必有蹊蹺，其境界情節實世界上難見，他直覺上感到不妙，必為凶兆，但凶在哪裡，有多凶都難以預料，夢後不久果然厄運連連－本來強壯的身體忽然大病一場，險些奪去性命，大病愈不久又發生了車禍險些殘廢……浩劫一次又一次。至此他始恍然大悟－該夢所示的是這一些，他慶幸厄運安然渡過了。

誰知有晚真正的浩劫降臨，老伴睡前忽然中風倒下，從此不起，於是他又赫然發現原來該夢所示的正是這場浩劫，事態至此已完全明朗。

妻子改嫁何異夫妻永遠離別？尤其是老來改嫁更含有永別的意思，夢裡的比喻實在聖明。道理雖鮮明，但人非神仙，范范人生路誰能精確聊到未來命運？我們彷彿押寶一樣，待開寶後始恍然大悟。

從見這場大夢後，他始終加以留意觀察，直至他以為的真像大白，經過的時間足足四年，可見該夢所預兆的事態不僅是大事，也是長時間的。

　　或問，這個看似荒唐泡影的夢境真能預兆作用嗎？我們以實際經驗來證實為最實際的答案，以夢理詮釋也最能令人心服口服。由於事態的發生，物質的形成都早有伏筆（成因），而吾人睡時的智慧與本能已近乎萬能神仙，能感知天地間萬事萬物的發展和變幻而反映成夢，故夢確是先知先覺，足為吾師。

　　遺憾的是夢境千頭萬緒，玄奧莫測，充滿神異現象，夢境是否有神異現象我們難以辨斷，但天地間無數神秘莫測的事物和其無窮變幻都會影響我們而做起神秘的夢境，我們想解開其奧秘何異登天？永難如願，我們若把夢境與世態、時代、人性、自己的環境、處境……對比、演繹、推理……便可多少能會其意，或可作為我們茫茫人生路的導師。

結語

　　夢境光怪陸離，無奇不有，有如變魔術或卡通畫面，又似神異現象，直覺上難免以為超現實，超自然的荒誕玩意，自古人類多以不屑的眼光視之，也有人經驗到夢確實有所預兆；但早時的人們只以為夢境預兆人的命運吉凶而沒料到夢的神通廣大，能預示天下事，且包羅萬象。

　　夢境有此神通豈能是空穴來風，荒誕無稽？它其來有自，具有成因和根源、能量的，上面諸章節曾述及；睡時能憶起五十年前的已忘得一乾二淨的鵝毛蒜皮小事。盪鞦韆或挑擔遠行……活動產生的身體慣性在睡時常感身體飄飄然而化成遊天闕晉見玉皇的夢境，

或其他夢境。睡時徐徐的清風或淡淡的花香從窗縫透進臥房則常令人身體愉快舒暢而做起好夢。深藏我們心底，多如恆河沙數的與我們彼此已陌生不相識的潛意識便蠢蠢欲動，競相影像化成夢而歷歷在目呈現我們眼前，此時也我們便可見潛意識的盧山真面目了。

還有天地間我們看不到、摸不著、無味、無臭……的靈氣、邪氣、瑞氣……莫名物質，睡時的感官都能感知而反映心靈而化為夢。或許傳說中神仙或祖靈……託夢是神靈利用吾人睡時銳敏如神的心靈和通陰陽的本能作為舞台而居於幕後在排演世態禍福的訊息指點或預示於人的可能。夢境預示於人的事態真是包羅萬有，舉不勝舉。

可見夢境並非沒意義，它所預示的內容不只是命運吉凶，而是包括世態變遷、大自然變幻、身體生理狀況、心靈奧秘……包羅一切－現實世界有的事物夢裡一定有，現實世界裡沒有的夢裡也有，尤其是對人的心靈世界透視得更澈底、更精緻，我們一覽無遺，可見夢境並非神異現象；有其共同的原理、原則的，我們探夢主要也是自然現象方面。

夢境有無神異現我們不敢鐵口直斷；但在天地間龐雜的事物影響下做成的純粹自然夢也已與現實世界大異其趣了，而看似神異夢境。總之兩者不易分辯，而常把自然夢誤為神異夢。

人們的心目中以為只有神夢（神仙託夢）對我們有所預示指點作用，殊不知純粹自然夢亦有預示作用。由於夢境的形成都由無數事物的影響而致，其結構都是由事物打造，許多莫名事物都是打造夢境的份子，甚至自己的運數也湊進打造夢境的工程，於是夢境便

能流露（預兆）未來世態、命運；因此我們探究夢境的奧秘外，還能窺見世界變幻的端倪。

第 **3** 篇

夢理舉例

第一節　洗床板

　　早時，政府施行一年一度的「大掃除」衛生政策，屆時家家戶戶都把環境打掃一乾二淨，並把室內器物統統搬出來加以清洗或擦刷，令人耳目一新。

　　每逢大掃除我都習慣把床板搬到附近的小河裡清洗，床板是劣質雜木材製成的，每一塊床板的一端都被蟲蛀蝕而滿佈蟲洞。

　　河水膝深，清澈見底，緩慢流著。我涉進河中而把一塊床板浮在水面而進行洗刷，從一端洗到另一端，而必與一窩蟲洞照面一陣。

　　這個過程宛如走過眼前的一陣雲煙，既不當一回事，也沒有留下絲毫印象，一年又一年都如此，後來這個大掃除的制度廢除了。

　　不料二十多年後的有一晚，夢中忽然出現一段我在河裡洗床板而與床板一端的蟲洞相照面的畫面，夢裡的蛀洞群與二十多年前當場所見的一樣清晰，夢境的奧秘實教人大惑不解，為什麼連我們不以為意的剎那影像在二十多年後還如此清晰重見，可見人類潛能無際無邊宛若神仙，在夢裡便可見其一斑了。

　　由此我們不禁料及，難道夢裡的景物、情節……，有不少是幾十年前的所見、所聞、所幹……的事物重見天日的？當然是，只因我們當時不以為意，時間的經過又久遠……，故縱然它們在夢裡再現，我們也陌生不認識罷了。我們心底的潛意識實多如恆河沙數，而且夢境又多為潛意識的影像化重現，故人們難免對它們的意思總摸不著腦袋。

我們還不禁要問，為荷洗床板這個潛意識早不重現晚不重現而偏在二十多年後的某日重現？人類對此現象的經驗還十分膚淺，我認為我做該夢的當晚，其氣溫、氣氛、情緒……頗與洗床板時的氣溫、氣氛、情緒……相類似，或者當日曾下河抓過魚或洗物……。因物以類聚，見景生情，目前事物極易憶起既往經歷的同類事物。

夢的前段也有可能引起同類意識重現：譬如：夢見自己正在肩負木板，因肩負木板與肩負床板在動作上，形態上都頗為類似，於是同類相取代而肩負木板變為肩負床板了，又由於意識模式的作用而夢境便衍生成洗床板的。

這樣的夢境預兆大事大概沒有，但預兆自然的現象總有。

第二節　月桃葉老人

歸崇村在山腳下，半村半廓，景色如畫，其村郊有棵大榕樹，樹下築有給人休息的圓型階壇，壇邊設有公車站招呼牌，有一個老人在賣檳榔和飲料，每當薄午時分都有行人在休息。

有天我遊山玩水經過該樹而見一個耄耋老人正逗弄一個小孩玩，弄至那小男孩火了而取一支棍想打老人，老人以公車站牌為掩護，當小孩從左打來他就往右閃，從右打就往左閃……。這樣僵持好一會，小孩始終打不到老人而氣得放聲大哭，老人卻樂得扮鬼臉笑得眼睛成一條紋。

接著公車來到，老人便抱起一大綑月桃葉，向小孩說拜拜後上車揚長而去了。

　　我人地生疏，我猜那個小孩是檳榔攤老翁的孫子，月桃葉老人
則是外地人，大概家裡在做賣粽的生意，而常來歸崇村採購月桃葉
而常在招呼站上下車，始能和那個小孩這麼熟悉。

　　該景象好像淡淡地過去了，好像沒有留下什麼印象，不料當晚
竟夢見月桃葉老人戲小孩，扮鬼臉即景；見老人春風滿面，右手招
小孩：「來呀，來呀，來打呀。」還扮鬼臉笑得眼睛剩下一條紋，

　　圓胖古銅色的臉龐、縐紋、刺蝟般輻射的白頭髮……都清晰可
見，宛如一張寫真。

　　夢境雖是現實世界的反映；但寫真般原貌和盤托出的夢境並不
多，有的能夠原貌和盤托出，有的則經過拼拼湊湊合成後以另一種
面貌重現。

　　能夠以原貌重現成夢的經歷事物都在事發當日或近日時間，一
旦稍久或雜事干擾便沒有原貌重現成夢的可能了，因為新事物在我
們印象裡最為強勢，強勢的事物不但在夢裡能捷腳先登，還不失原
貌。若時間稍久，印象便淡化了、複雜化了，若能在夢裡重現則多與
同類混合而面目失真了，因事態龐雜，我們見過、幹過……的事物
轉眼又被接踵而來的事物干擾而淡化了，故原貌和盤托出的夢不多。

　　以上所舉的是所見、所聞、所幹……經歷事物在睡中重現成
夢時，其景象、人物……完全與原貌一模一樣，且無微不至。生此
稀有現象的原因為：我對歸崇村人地生疏，對我來說是個新世界、
所見、所聞……一切景象顯得簇新可愛，尤其對老人得意扮鬼臉的
畫面格外入心，又逢事後沒遇上什麼大事干擾而心情得以不致複雜
化，始能夠很快重現成夢和保持原貌。

　　至於同是當場所見、所聞的站牌、檳榔攤、大榕樹、遊客……。卻沒在夢中出現；此則因雖是所見、所聞，但印象有深淺之分，較深刻者搶盡優先。

第三節　「痛貼貼」藥布的廣告

　　這是電視畫面入夢之例；有晚我夢見我正在一片曠野走著而忽然見到不遠一個草叢背面似有什麼東西在蠢動，我一怔，立即以「劍指」遠距作法加以攻擊，我劍指一劈便聽見一聲慘叫而便出現一個熊寶寶圖案由小變大而從草叢中彈上左上角天空而消失無蹤。

　　夢醒，我感嘆電視廣告的畫面也能入夢；因為以前有段時間裡「痛貼貼」藥布的廣告很積極，它的進行廣告是這樣的，初現便出示「痛貼貼」藥包，藥包的左上角印有個熊寶寶圖案，廣告者說明藥效和使用法後熊寶寶便彈上左上角而結束廣告，故其景象已深深印在我的腦海裡，夢中一見我便立即認識那是廣告的熊寶寶。

　　至於夢中我在曠野行走的畫面當然也是我曾經歷過的事物，只是時久已完全忘記它在何時、何地經歷過的事蹟罷了。我們雖然完全忘記；但意識裡並未完全忘記，而還會化成夢而重現。

　　夢裡令我感奇的是我在曠野行走和廣告裡的熊寶寶本是風馬牛不及，為什麼兩者性質不同，形態不同豈能湊合一起成夢？或許背後有許多做成二者能湊合一起的因素？是當日生活過程中的種種事態和情節，自己的情緒，天地間莫名事物的消長變化……影響做成……？我們無法確定。

　　前面提到的所謂「劍指」是種道士們作法驅鬼除妖時所作的似把劍的手勢；其法為‧把食指和中指夾攏一起而成像一把劍的手勢，據說驅鬼時以此「劍指」加以劈刺則甚具威力。

　　這個智識是有次常在廟裡幫忙的一位堂兄教我的，他說，若衰運遇見厲鬼作怪時，我們可用「劍指」向厲鬼揮劈驅除，我們得自衛保命……。

　　我很少圍觀過道士驅妖的場面，也不太相信。堂兄誨我諄諄，我也洗耳恭聽，但並沒有認真學習，不料不知已經過了多久竟做起以「劍指」驅魔的夢境，雖然驅魔的方法我聽進不多，事後也從未加以演練，但夢裡的我卻幹得有聲有色，充滿道士的架式。

　　由此可見我們清醒時的感官，智力都顯得遲純，遠不如睡時的高明，在清醒時生疏的技術夢中分身能幹得轟轟烈烈。對於其他的事物亦然，常常我們視若無睹的事物在夢中赫然歷歷在目。

第四節　陳村長的英語演講

　　晚飯後坐在沙發上聽收音機音樂節目，聽著、聽著睡著了，而節目也由音樂改為英語廣播，而英語不斷送進我的耳朵，不料竟夢起陳村長正在以英語向眾人演說，其發音正確且流利，演講好一段時間。夢中的我十分驚奇，以為陳村長我認識有餘，

　　他未懂半句英語，學歷也不高，怎麼忽然變成一個英文學家起來了，可見他深藏不露，我以前有眼不識泰山，太過以貌取人了……。

當夢醒始恍然大悟原是英語廣播，並不是真的陳村長在講話，而是英語廣播和陳村長演講的畫面結合一起而成夢的，其事物結合成夢境天衣無縫，且栩栩如生，我們看不出那是合成品。

為何英語廣播會與陳村長演講扯在一起？因為聽陳村長演講是常事－常聽、常見，又新近的事物在我們的印象裡最深刻、最強勢。強勢的印象在睡時的心靈裡事事佔優先而成夢，而且廣播與演說在性質與形態上都極為類似，在潛意識的大海中，類似的事物最易結合一起而成為一種新的圖像。廣播繼續一小時，陳村長的演說也繼續一小時，夢裡陳村長只是張口等動作，聲音則出自廣播。

夢裡，我的英語聽力也增強了，清醒時聽英語廣播卿卿鏗鏗宛如鴨子聽雷；但夢中則聽出其眉目了。

由這場夢的啟示，我們更得一個證實；有不少夢境是由同類意識（事物）所結合而成，而人們睡時的聰明能力更高一層樓，天賦本能發揮淋漓盡致了。

第五節　滑翔機

夢一開始便見一團黑色東西從天上掉下來，掉在鄰家的倉庫前，我俯身撿起一看，赫然是一隻中彈而鮮血裹屍的斑鳩。我一看再看，

不料其鳥屍忽然變成一架竹、木、紙製成的玩具滑翔機而自我手上掙脫而朝東方一片曠野低空飛去了，我措手不及而從後面窮追不捨。

滑翔機一直向東飛，我發現其遙遠的前方矗立著二幢高樓，我怕它撞上高樓而急得驚叫起來，但說時遲，那時快，它果然撞上高樓的斜型屋頂上，我趕去一看，它已撞得粉身碎骨了。

這場夢真如魔術，也好像時間倒流，回到童年玩樂無憂的日子。又顯得這夢光怪陸離，令人摸不著腦袋。我老是想我從未看過鮮血裏屍的班鳩從天上掉下來，對滑翔機來說，也只在幾十年前的童年時期摸過或借玩片刻而已，怎麼會做起大玩一場滑翔機的夢？人家說「日有所思，夜有所夢。」但我根本從未想及，夢怎麼如此荒唐？

不過，有夢必有其因，只是有的成因不易追蹤罷了－因為有的是如過眼煙的事物，或道聽途說，有的是微不足道沒留下印象的，有的是從電視畫面所見的……，甚至天地間的不名事物，我們對它們雖沒印象，但會影響我們而做夢，由這種情形做成的夢則我們不易追蹤其成因了。

我們在夢境裡產生的情緒、心意、慾望……，都能影響夢境的發展和進行。尤其意識模式的連鎖反應常為夢境發展或進行的要素，即所謂睡時的心靈活動即是夢。

夢中看見一團黑影從天上掉下來而上前撿起一看竟是一隻中彈鮮血裹身已死亡的鳥兒而這個畫面大概是由意識模式連鎖反應所形成，雖然我從未幹過撿起中彈死亡鮮血淋漓端詳的經歷，但曾看過人家撿起鮮血淋漓的鳥屍端詳的經過或電視裡看過類似畫面。這些都是意識模式，夢境進行中若出現類似這種模式的端倪便衍生整個模式出現。

　　至於看著看著鳥屍，而鳥屍忽然變成滑翔機而掙脫離我，嗚～一聲低飛飛向曠野……的原因也是意識模式影像化所成，就是我以前必曾見過人家試飛滑翔機或自己試飛過滑翔機而見滑翔機脫手直飛曠野的情景。由於拎起鳥屍端詳細看，其形態上酷似提起滑翔機詳細檢查後讓它起飛的模式類似的事物在夢中最易彼此相取代或相結合……。

第六節　造訪邱家

　　夢中我進入邱家；見邱家空蕩蕩、靜悄悄，我連喊主人：「接其哥、接其哥……」，數聲都未見應聲，邱家五間老舊土埆厝，前面一小塊庭埕。我靜聽等候一陣後再喊，依然沒人。

　　我確定沒人在家後返身想離開，不料早已有一隻黑母豬帶著幾隻子的家族，個個翹動著鼻孔，並以好奇的眼光望著我，彷彿在問我：「你是誰、要幹什麼？」大概豬家族聽到有人在叫而從一個角落裡出來看看的。

　　夢裡的邱家、門戶、墻壁、木框小窗……都清晰顯現、環境寂靜、荒涼宛如山野荒屋，豬家族都是黑色土豬，個個眼睛炯炯有神，連毛髮都絲絲分明。

　　這場夢亦與現實世界大異其趣，第一我為何忽然夢起造訪邱家，而邱家並沒養豬，竟冒出一群豬家族，而老小個個可疑的眼光望著我……。

　　我認為這場夢是由於以前我曾偶而造訪邱家所引起，因為「日

有幹，夜有所夢」。至於忽然冒出豬家族則可能是由於我以前曾見過豬家族以可疑的眼光望著我的經歷，而風雲際會出現在夢中，這樣看，此不過是場平凡自然的夢了，大概不會有重要預兆，充其量也不過是反映我的心理現象或微不足道的自然現象罷了，但由於夢境離奇，記憶裡歷久彌新，令人回味。

不料約經三年，忽聞邱家遭法院拍賣的消息，真如平地一聲雷，探問之下原來是邱家幫親戚連帶保證借貸而成了祭品，真如夢中的景象，邱家人去樓空、靜悄悄，偶而出現破欄出來漫遊的一群豬家族。

至此我始恍然大悟原來那場夢是在預兆這回事，若不然哪能如此巧合，雖然我偶而造訪邱家，但賴家、李家⋯⋯我一樣偶而造訪。為什麼僅邱家雀屏中選而入夢？此現象必有我們見不到的成因影響做成。

第七節　火雞吃紅火炭

火雞開始傳入家鄉大概在一九四〇年間，那時我還是個童年，初期僅見一二較富有的人家當寵物般在試養，因少見多怪，而牠們又確實具有神秘色彩－如孔雀般開屏，能隨時改變臉的顏色，令人好奇，叫聲又如落盤珠玉⋯⋯。

人們不但視牠為家禽界的貴族，談起來也很像神話，尤其名為「火雞」，更令人產生難道牠們會吃火？的遐思，想像豐富又幼稚的我每逢人家談及火雞或目睹火雞都會出現火雞吃火炭的想像畫

面－見一群火雞正在啄吃紅火炭。

真的「日有所思，夜有所夢」；有晚竟夢見一群大火雞正在我們家屋前庭埕大快朵頤啄吃燃燒中的紅火炭，其景象和想像的火雞吃紅火炭的畫面完全一樣，想像的畫面若隱若現，夢中的畫面則栩栩如生。

可見我們想像的經歷畫面也會在睡時重現成夢，而且是常見的現象，無論短暫，還是連綿長篇的想像都有可能，只因我們以為夢就是夢，哪裡會留意及此方面。

想像世界是超自然的，不受時、空、現實所限制約束，故想像世無所不有，無所不能，隨心思奔放無邊發展。想像世界具此萬有萬能，又能入夢；一旦入夢豈不是萬能、萬有的世界？難怪有許多夢境誇張到難以令人相信。

夢境誇張無度，致難令人相信，但都有其根源的，火雞會吃燃燒中的火炭，看似笑話，但它來自我們的想像，其來有自，並非空穴來風。

第八節　帶麻雀兄妹逛街

我家院裡有幾棵大花樹和一棵龍眼樹，每當晴天時的天曉便有許多小鳥飛來覓食和歌唱，我大都在此時睡醒，醒後多習慣賴床聆賞外面鳥唱好一陣，當主婦們起床做炊，見有人蹤活動時，鳥兒們便一哄而飛到遠遠去了。

有一天上午，我因身體欠安獨坐在龍眼樹下休息，此時家人

和左鄰右舍都上學的上學、上班的上班，環境冷靜到令我感到好寂寞，而院裡唯有一群麻雀吱吱喳喳從高高的屋頂翻滾玩到花園，再從花園玩到屋頂，渾然忘我……把環境轉冷為熱而喜氣洋溢，驅除了我心裡的寂寞之魔。

至此我始感悟：「麻雀雖然不會唱，顏色又樸素不迷人；但可聽見其嘴裡不停發出珠玉互撞之聲，性又樂觀喜戲，娛人無比，又常與人為伴，麻雀纔是人類真正朋友，過去我一直對麻雀不友善實有歉疚……。」想到此心裡不禁對麻雀的痛愛油然而生。

此事後第二日晚竟夢見我帶一對麻雀兄妹逛街，而由我家的巷路走出馬路，麻雀哥哥較大，騎娃娃車，麻雀妹妹較小由我牽扶，走到馬路傍一家雜貨店便停下買冰淇淋，吃過冰淇淋又走，走過一條街又一條街，麻雀哥哥騎上娃娃車便神氣十足，老是跑得快快要一馬當先，我怕牠離我們太遠而有危險而叫牠不要太快，我吶喊時牠會暫停一下，當我們走近時，牠又開始跑。

我們終於走近前面一條大河橫著的地方，其河水靜靜流著，遍起碎波且波光粼粼。天色是晦暗曚曨的，麻雀哥哥依然時時搶先，我見牠一直向前衝而恐怕牠不慎掉進河中，而猛然喊停，但說時遲，那時快，牠果然連車帶身掉進河中，當我高呼救命時，牠掙扎爬上了岸；但一上岸便還原變成原來的小小麻雀而在岸上一步一步跳，身上還不停滴下水珠呢。

夢裡的麻雀哥哥和麻雀妹妹都大如孩童，羽毛為麻雀本色－咖啡色，紋路也清晰可見呢，麻雀哥哥騎起娃娃車神氣十足，彷彿馬戲團裡的鸚鵡騎車。

　　原來這場夢是由我的情緒所引起，因目前我在樹下休息時，麻雀兒們的嬉戲歡聲把冷寂的庭院轉為喜氣洋溢，而對麻雀產生了痛愛之情，此情正與我痛愛孫兒、孫女之情完全一樣，而且我又常帶孫兒、孫女兄妹逛街買食，其過程和情節幾乎與夢境裡的過程情節完全一樣－從家裡走出巷路而到馬路，路邊買冰淇淋……，而哥哥較長，騎娃娃車，妹妹較小而由我牽帶，哥哥騎起娃娃車神氣十足，時時都趕在前頭，我怕他離我們太遠而發生意外而時時叫喊提醒……，可見這場夢幾乎是我們祖孫現實生活的模式。

　　至於麻雀哥哥、麻雀妹妹的身體都與我的孫兒、孫女一樣大……，是由我們的意識影像化而成－我們不是有麻雀羽毛是咖啡色，羽毛紋路優美……的意識嗎？我不是有孫兒、孫女身體多大的意識嗎？這些意識都會在夢裡原貌重現，二種意識結合重現則變成麻雀兒身，而與我孫兒一般大的身體……。

　　麻雀哥哥落河，當掙扎爬上岸時，竟還原為原來的小小麻雀之身，而身上還不停滴下水珠……，亦為意識化成－我們都有麻雀是小小的小鳥，東西落水後再離水都會不停滴水情形…的意識的緣故。

第九節　撿之不竭的錢

　　早時，我們村裡的婦女都在村邊的一條河洗衣服，每當早晨都有成群的婦女正忙於洗衣服。人們換衣服時常常忘記取出袋裡的硬幣，當衣服正被搓滌時便掉落河底了。

　　我們童年常也在河裡摸魚、游泳、戲水……，當天晴、河水清

澈見底時常發現洗衣板下有一、二枚硬幣閃閃發光，因此我們在河底撿到錢是常事。

村人們的生活無一日離開這條小河，尤其童年人更甚，故夢見在河底撿到錢幾乎是人人必經的事，我童年不但曾夢過在河底撿到錢二、三次，甚至當中老人時還夢過三次。

中老年時有次所夢雖然與童年所夢同樣發現河底裡有錢，但不同的是中年時的夢河底裡滿佈閃閃發光的硬幣，而一撿再撿都撿不完，而喜不自勝，以為將享不盡榮華富貴了。有次則夢見馬路邊的排水溝底裡綿延不盡的閃閃發光硬幣，一撿再撿都撿不盡，我邊撿邊想：「我以前怎麼不知溝底裡這麼多錢，我將榮華富貴了。」有次則夢見庭前一大堆金光燦爛的金幣此夢因顯得好似空穴來風，非打破沙鍋問到底我不甘，於是窮追不捨找尋其成因（夢源），真是皇天不負苦心人－無他，原來是日前我找物偶然抽開一個抽屜時赫然與一枚簇新的五十元硬幣照面所因起的，若不然近日都沒有經歷過與硬幣相關的事物……。

童年時夢見撿到錢則僅見一二枚而已，中老年夢見撿到錢則一撿再撿都撿不盡……，其因必與自己的心情、慾望、運氣……大有關係，童年時意外獲得一二硬幣便喜出望外，心滿意足。中老年時則與錢的接觸多為大數目，對錢的慾望也無窮，非區區一二硬幣便能滿足，夢境裡有其慾望便有其夢，夢裡假使要水洗手便立即有水龍頭出現，夢裡若心情樂觀則需要的事物立即出現。運氣也能影響夢境的發展，故夢見撿不盡的錢確在預兆萬事如意，一帆風順……。

　　抽開抽屜而與一枚新幣照面便夢見金幣一大堆閃閃發光亦是紅運的預兆，理由為我們與新幣照面是常事，為何不是每見必夢？其中必有奧妙在，必與運氣有所關連。

第十節　跑空襲

　　夢中忽見一架大飛機飛臨頭頂上空，宛如一堆烏雲蔽天，我驚叫：「哦！轟炸機，轟炸機是專丟炸彈的，快逃！」

　　我逃到曠野見一處人家採過石的坑坑洞洞地形便跑進躲避，但一進去又感到四處光禿禿亦被發現而然後又跑到一座破屋殘牆躲避，一躲進又感到不妥，以為若躲在這裡炸彈爆風一摧豈不是被坍倒的斷牆大石壓在裡面？於是又離開找尋新地方而好不容易發現一條農場乾固大溝，上面還一座水泥橋，真是一座天然的戰壕碉堡，我以為完全無虞了，但一躲進去便傳來連串的巨大爆炸聲，天搖地動，震耳欲聾，使我從夢中驚醒，嚇得我一身冷汗。

　　夢裡無論跑到哪裡都可見各種地形地物、林木、野花……，那座破屋殘牆是以一個個大石頭砌成的，我都看得一清二楚，更妙的是無論跑到那裡路面都出現到那裡，我們總是踩不盡的，爆炸聲不但震耳欲襲，還把大地撼動呢。

　　夢中的曠野、林木、地形地物、野花、破屋……栩栩如生，看似真實世界，彷彿夢境是世外的某個地方，一個世界，我們做夢是好像我們到了另一世界一般。

　　其實夢境的事物、景象……全是我們在現實世界所見、所聞、

所幹、所感……，事物經歷意識常在吾人睡時受情緒或外界種種影響便影像化成夢的，並非夢中另有世界。

夢中的大飛機、原野、斷牆、地形、地物、爆炸聲……都是我以前曾經見過、聽過、幹過……的，也就是我所藏的意識，它們在我睡眠時，因受情緒、環境、氣氛……，的影響或刺激而影像化成夢的。

由於我在二戰方酣時，有次和玩伴玩得忘我時，忽然有一架「B二九」飛臨頭頂，我們都知道它是專丟炸彈的，於是拼命跑往附近原野躲避，躲進一處又想不妥而又換個地方……怕得要命。夢中的景象、事物……，雖然與我們那次跑警報的過程不盡相同，但那些地洞、林木、花草、破屋、大溝……確實以前我曾見過的。

現實經歷化為夢境的過程極小原貌和盤托出的，多為同性，同形等同類事物、情緒……事物互相取代或化零後從新組合，換了面又改了頭。舉一個例：譬如一年前有次拼命跑過路邊有棵大樹的一段路，今年有次也疾跑過一段破舊老屋之一段路，因二者都是在路上疾跑，又同是路邊有物，彼此在性質上，形態上酷為類似，故事物具此同類情形者當化為夢時極易彼此相取代或張冠李戴，而以新的姿態出現，我們不易認出了。

第十一節　我有牛肉吃了

夢中我牽著一條肥大的牯牛一直走，終於走到一處人潮熙攘的地方，人地生疏的陌生地方，看來不像市集，又不像迎神的賽會，

我好奇以為是世外，而牽著牛穿梭於人群中想看看有沒熟人，而果然在一處街角遇見一位遠久以前的同學，雖然從未來往，但在異鄉相逢，彼此一見如故，異常親密，於是二人便找個安靜的地方坐石長談起來，我依然牽著牛。

「你牽著牛要上那裡？」他問。

「四處逛逛」我答道。

「我以為牽去宰呢，我高興將有牛肉吃了…」他又說。

「你瘋了，我家全靠這條牛生活哩」我辯護說。

牽牛幹活是我年輕時久年往事，為何經過好幾十年後再夢起？而且牽牛四處逛或牽牛進入人潮熙攘的地方更沒有過，經過這麼久而忽然又夢起，實在奇怪。

我認為忽然夢起陳年往事，大概由於我做該夢的當日或近日曾看到人家牽牛趕路或牽牛幹活情景而頗類似我當年牽牛幹活或牽牛趕路的情景……。始能這種情形，因見景生情，易憶起往事，回憶常常在睡時影像化成夢。

耐人尋味的是夢中人的對話；夢中人物不但會說話，且有聲音（心音），還較清醒時更具情理、更機智、且對答如流、栩栩如生。

夢中，同學謂「我以為要牽去宰呢，我在高興有牛肉吃了。」是由於他看到我牽著一條肥牛而說的，可見夢中的對話並非胡言亂語，而是機智的，具邏輯的。

夢中看似同學真的在說話，彷彿和同學在另一個世界閒聊似地，其實，同學身影、動作、聲音……，都出乎夢者自己的心靈、意識……，並非真的世界有個夢世界，夢中的人物、景物、聲音、

氣味、光線……，全是自己的既往經歷事物在睡時受到某種刺激或影響而重現的。

　　假使我們邂逅久違的同學的情景和所說的話，或旅途中所見的景物，馬路上馳騁的車輛、飛鳥……或自己所幹、所聞、飲食生活過程……，生活經歷事物的意識在睡時影像化重現成夢豈不是宛如我們置身另一個新世界？

　　夢境令我們誤為是另一個新世界，是由於夢裡亦有山、有水、草木、野花、人物、汽車、飛鳥……，栩栩如生，其實它也是現實世界的事物，而經我們的心靈加工過的罷了。

第十二節　屋頂太矮

　　有一天上午我們幹澆菜工作，我拎著一個水桶往返跑到不遠一條小河汲水，須經過一棵枝幹橫生的榕樹下，我經過時若不稍加低頭，頭頂便撞及樹幹，我每次將經過時必提醒自己：「樹幹太低，必須低頭……。」這就是說，我已經具有那枝樹幹太低，經過時必須低頭，不然會撞及頭頂…的意識。

　　此不過是椿只是感覺而沒遇事故的小小意識而事後並沒有留下印象；不料不日後便夢見路途遇雨而躲進一處田間工寮，其工寮不但簡劣還矮得可憐，若想站起身子則頭顱必撞及屋頂，我躲進時一再提醒自己：「小心屋頂太矮……。」並一再仰首望望屋頂。

　　工寮是全部以竹材構築的，屋頂是甘蔗葉覆蓋的，其甘蔗葉鞘的紋路還十分鮮明清晰。

　　見此夢我覺太離奇，但很快便發現它必由於日前澆菜拎水時穿過太矮的樹幹產生的意識所引起，因為兩者都是頭頂上的東西太矮產生的意識，形態上，性質上都酷為相似；形態、性質相似的經
　　歷事物（意識）在睡眠時極易相互取代或結合在一起而成夢。

　　微不足道的小小意識也會引起做夢，而且又不是它的本來面目，而多為遠久以前的不知何時、何地……的所見、所聞、所感……。經歷事物或情感……，所取代或彼此結合一起，故令人茫然難以想像。

　　我們一天生活起來的過程中的所見、所聞、所幹、所感的經歷事物實不可勝數，雖然不是每一小小意識都必然引起做夢或入夢；但每一小小意識都有入夢的可能，可見夢境的玄奧和難以捉摸的一斑，難怪人類對夢境的奧秘都是摸不著腦袋。

　　樹幹太低，必須低頭，不然會撞及頭頂竟演化成遇雨躲進田舍工寮的夢境，此看似風馬牛不相及，差之一萬八千里，誰都難以料到它們之間竟是孿生兄弟，極親血緣。

　　我以前幹活逢雨躲進田間工寮是常事，工寮多簡劣矮小，有的盡管一站起便撞及頭頂，有此不少經歷，我確實累積了不少避雨工寮的意識，雖然時光已久遠，看似忘得一乾二淨，但心底意識卻記得一清二楚，一有機會便影像化成夢。

第十三節　投稿

　　以前我曾寫過一本書，而忙向出版社投稿，但一家投過一家

都受到碰壁，我認為只要耐心繼續投便能遇到伯樂的機會，而天天望穿秋水。不料正當此時夢見一個村裡的極奸滑的張姓青年奚落我道：「別固執了吧！你的文章狗打屁一般，人人看到都會嘔吐呢，你投到死也沒人採用……。」

因這個人十分奸險，喜歡軟土探掘，人家忍讓而他則得寸進尺，毫無留情。老實畏事的人家若被戲弄得忍無可忍而怒氣爆炸而想一拳把他置之死地時，他卻一轉為哈哈大笑裝作是在開玩笑，此時他的態度實在軟得如麻糬一般，在手不打笑面人之下他欺人而從未受人懲罰過而養成狡黠成性，招搖囂張，過著得意忘形的生活。

我的秉賦木訥口呆毫無口才，受其冷嘲熱諷是常事而無法招架，而一直忍氣吞聲。在清醒時理智能控制，但在夢中則隨性了，在其無情惡言侮辱下怒氣立即爆炸，動手想一拳置他於死地。

夢中氣噴的我，當出拳時左手抱著我的著作：《狂歡的割稻收穫期》直覺上我認為這場夢在暗示我辛苦熬成的作品永難獲得青睞，該收心了吧！命裡沒有莫強求……意思。

我判斷此夢是在暗示我的作品永難登堂入室的理由是它的結構富生命和內容，完全捅到我的問題核心和痛處，那狡黠的青年在辱我投稿無望而怒不可遏時身上抱著我視為生命而別人不屑一顧的一本作品，這個畫面的主題不是在指這本書還有指什麼？

夢境如此有生命、邏輯、內容……，且切中我的問題核心，我認為幕後必有命運之神在導演創作，若不然豈能具有生命，切中問題核心？

第十四節　曠野中的三家村

有晚我夢遊曠野中的三家村，其房屋都是簡劣古舊的竹屋，大概都是百年老屋，前後簷下排一列人頭大的擋土石頭而填上砂礫作為簷頭，而建在一片乾瘠不毛的砂礫地上，庭院不見一盆花，只見一二棵耐旱的檬棵樹，不見一隻禽畜，靜悄悄不見一人，大概都是家徒四壁的清貧人家，本是山邊偏遠，貧窮落後的地方，但我倒如魚得水，徘徊流連其中，其樂難以言喻，是我有生以來未曾遇到過的。

夢中樂如登天，醒來則喜不自勝，彷彿走過一趟世外桃源，甚至整天都樂在其中，情緒在夢中：如喜、怒、哀、懼、愛、憎、慾等在夢中常一瀉千里－樂極樂、悲極悲……。雖然人在夢裡萬能如神，卻缺乏思考和理智。

人在清醒時遇事總不失理智和思考－狂歡中總多少聯想到樂極生悲的道理或切身問題的牽掛，故再怎樣盡情仍不失帶擋的情形。清醒時的悲情……也一樣，雖悲極但仍有些阻擋、譬如：親人永別哭得死去活來，但總會聯想到：「人死不能復生，若傷及身體反而更悲傷……。」悲傷中有些阻力把它減緩而不致崩潰。

夢醒，我很快聯想到鄉裡的一個三家村；因夢裡的三家村酷似鄉裡的一處三家村，該村在人煙稀少的曠野，座落於一塊乾瘠不毛的砂礫地上，不見一根寸草，只見一二棵檬果樹，是名付其實的三家村。三戶人家都是老舊簡劣的竹屋，不見一磚一瓦。看來都是家徒四壁的清貧人家，可能定居百年之久，而顯得荒涼貧苦。

雖然顯得貧窮落後，但我初見卻嘆為世外桃源；因為我一向渴望能發現想像中的世外桃源，好不容易始發現渴望中的世外桃源，我曾進去走遍每一小角落，其喜實在比中到樂透大獎還樂，大捷凱旋一般得意洋洋回家。

雖然位於荒煙蔓草中的山邊僻地，看似野人村，卻行政上隸屬於遙遠的萬隆村，而且是萬隆村第一鄰，我真不解他們的開居祖先選擇在這個資源貧乏，事事不便的地方居住。

此夢確實由於發現三家村的喜悅之情所引起，因為夢中的景物和喜悅之情完全與我發現三家村當時的情景與喜悅之情相似，即情緒的影像化。明顯重大的情緒較易影像化成夢，但微不足道甚至沒有印象和感覺的小情緒都有影像化成夢的可能。

情緒影像化而成的夢境的景物和情景看似光怪陸離，其實它們的形成素材都是自己既往生活中所因起情緒的事物的原貌重現，或經過同類雜合後重現的合成品。

第十五節　開立處方

我日常都勤於涉獵醫書，盼望有一天能活人濟世，因經時日長久了而略通了一二，且躍躍欲試，有晚便如願以償，夢見鄉裡的一位首富，鍾姓聞人登門求醫，這位士紳有財有勢，顯得高高在上，令人無限羨慕，我當然高攀不上，但意外地忽然貴人來訪不免喜出望外。

經四診後想給開立處方，但探身取起的竟是一張已印滿鉛字不

堪用的紙張，經取再取也同樣是印滿鉛字不堪用的紙張，人家在苦等，我卻欲速不達心急如焚。

好不容易始取得一張一處空白的紙張，但提起筆來一想再想都想不出藥方的一鱗半爪，仍然白卷，我又急又慌，幾乎急得哭出來。

我不是開醫院還是診所，忽然夢起患者登門求醫，而且患者又是一個十分驕傲，素昧來往的大戶人家，實不付實際，不合事實，可算一場奇夢，它必有所暗示，因為夢境看似胡說八道，不實際，但其形成過程和結構都莫不受到各界的各種因素的影響而自然形成，如：情緒、環境、氣氛、所見所聞……，天候、氣運、天地間莫名事物，甚至命運之神在幕後排演也不一定。

夢中我給患者四診過後伸手取紙要立方時，一取再取都見是張廢紙印滿鉛字不堪用，好不容易取得了半邊空白堪寫的一張，但提筆起來絞盡腦汁都想不出一味藥，一隻字，患者在苦等，又寫不出一字，我急得要哭出來。

雖說人們在睡時心靈萬能神通，但美中不足的是沒有思考能力，夢境的形成，結構的來龍去脈……，莫不都是心靈的自然連鎖反應活動。

雖說吾人睡時沒有思考能力，但此場夢巧合得很，取紙立方時，一取再取所見的都是張不堪寫字的廢紙，當提起筆要立方時，絞盡腦汁還寫不出一隻字、一味藥……，我們對此情形可說人在夢中沒有思考能力當然想不出什麼，但對這場夢的性質看，或許也是種預兆，而且是種負面的預兆。

第 **4** 篇

漫 談

第一節　動物多能做夢

我們人類常會做夢，我們也不禁聯想起其他動物會不會做夢－我們若以邏輯判斷，可能多數動物都能做夢，只是複雜與簡單的差別罷了－高智者做複雜有內容的夢，低智者做簡單直覺的夢，由秉賦的高低而有所差別。

我們若從嬰兒或日常親近禽畜觀察，便不難證實。例如，嬰兒在熟睡時常見嘴巴做吮乳的動作，此即他正在做進行哺乳的夢，嬰兒降世不久，他的生活經驗幾乎只知吮乳，故他的夢除了吮乳外沒有其他的。

再看豬、雞、犬……禽畜，牠們常在熟睡中忽然驚叫一聲倉慌爬起而常引起同伴們亂成一團，禽畜的夢大概也只有受驚這一種，其他少有，因為禽畜在生活中常受外來的攻擊。禽畜做起驚叫的夢都由於白天曾受到外界的攻擊或干擾而睡時餘悸猶存所致。

當然牠們也必會做其他如：爭食、打架……的夢「只因我們看不出罷了，不過只有動作，沒見思想……無內容的簡單夢境而已，難得有深度，有內容的夢境。」

一般來說，人類、禽畜、野獸等的做夢都由於白天生活奔波奮鬥、驚險緊張，一天下來自身如走馬燈一樣腦袋裡對往事一片瞭亂，而當休息睡眠時仍然餘波蕩漾，在睡時腦海餘波蕩漾即是心靈還在暗潮洶湧，也即是夢。

睡時置身的環境也會影響人們，甚至會因其他動物影響而做起

夢，假如。睡時遠方傳來猛獸的吼叫或恐怖的聲音⋯⋯都會令在熟睡中的人或動物做起惡夢。

第二節　家八哥的夢

從前我們村裡有戶人家養隻家八哥，名阿吉，阿吉不但能言善道、善解人意、主人視為至寶、十分痛愛，親若家人，家裡有了牠顯得趣味橫生，樂融融。而且阿吉還擔任起遠道親友的連絡工作呢。

但好景不常，有天早晨阿吉以憂悶的心情告訴主人道：「阿爸，昨晚我夢見我被老虎吃掉哩，老虎好大好兇，好可怕哦！」

「胡說八道，台灣哪裡有大老虎？只是你多心罷了。」主人毫無以為意地勸他說。

阿吉經主人勸慰後依然悶悶不樂。「哦！阿爸週末生日，你告訴姑媽一定要回老家慶宴⋯⋯」主人面對專責連絡親友的阿吉而想起了自己的生日，而又派阿吉幹連絡任務。

阿吉受命後便如往日一般，從家裡起飛便直飛姑媽家，直線很快便抵達姑媽家，到了姑媽家，牠習慣攀在廂房近簷的屋頂上叫喊下面廳裡的姑媽。

「姑媽、姑媽在家嗎？」牠連叫好幾聲。「好消息，阿爸週末生日，將盛宴招待親友，您一定要回家參與盛宴哦⋯⋯」阿吉見姑媽從房裡出來見牠時說。

「胞兄如此福氣，做妹的當然參加⋯⋯」姑媽欣然答應。不

料正當阿吉和姑媽聊得酣然時，一隻大貓匍匐悄悄爬近阿吉，而阿吉、姑媽都未發覺，而一口咬住了阿吉整個身軀，返身不知跑到哪裡去了。

以小小鳥雀來說大貓有如一隻大老虎，被大貓吃掉有如被老虎吃掉，夢境以被老虎吃掉以暗示被大貓吃掉，也就是以被老虎吃掉象徵將被大貓吃掉，此夢十分靈驗，大難早有預兆，主人卻渾然不覺。

只是這個故事是否真實，真實程度又有多少，但家八哥確實一種有智慧的動物，有智慧的動物都會做夢。

第二節　賣菜的和妹

華嫂要買菜，明嫂也要買菜，正好在菜攤前相遇，「鴻姐的病情好一點沒有？」華嫂見到剛探病回來的明嫂而關心地問。

「唔！我看神仙都怕難醫了，家人都在準備料理後事了。」探病剛從醫院回來的鴻姐好友明嫂失望地答道。

「鴻姐不會死，一定會好起來。」正忙著賣菜的和妹聽到明嫂提到鴻姐便鐵口直斷地說。

有個正在買菜的婦人反問：「你何以直斷鴻姐一定好起來？」她說昨晚夢見鴻姐死亡出殯，送葬的行列綿延不盡裝飾豪華，極盡哀榮。

和妹是鴻姊的好鄰居，且來往甚密，大概她曾有多次經驗證實傳統的所謂「夢是反的」解夢法而崇信無疑，認為確實靈驗，始敢如此鐵口直斷。

果然令人不置信地，病入膏肓，人人認為回春無望的鴻姐竟然逐漸好起來，且沒留下一點殘缺。

「夢是反的」意即夢見陷入沈痾或險地的親友忽然春風得意則反而是個凶兆。若夢見陷入沈痾或身處險境的人，親友忽然死亡或遇重大災難則反而是種吉兆。

這種傳統解夢概念靈驗不鮮，不但我們家鄉的人崇信無疑，相信整個中華民族都同樣崇信。「反」的夢境出現多在關係密切的人（如親友、家人……）病危，或置身險地時，心裡十分關心憂慮始能做起意義相反的夢。

關係密切的親友多能靈犀相通，能產生一種磁場或電波互相感覺，故親友間的一方處在生死關頭時，親密的對方最先感應而反映在夢境中，故其極親友春江水暖鴨先知。

和妹和鴻姐居住緊鄰，既志同道合、水乳交融、守望相助，鴻姊有難當然她比誰都關心，故她對鴻姐的情況最大關心，最有感應。或許命運之神看到她如此關心鴻姐而對她託夢暗示鴻姐大難不死。

第四節 凡「毒」皆吉利

有其父必有其子，友人阿照，乃父喜愛收藏古藉，從古藉中學得不少算命、看相、解夢……技巧，當和親友們一起時，常自慟聊起同伴的運途，或問同伴「昨晚有沒做夢」。

阿照亦一樣，常自慟聊起同伴的運途或問同伴昨晚做什麼夢。

有段時間我屢做牽牛吃草，而牛旋即不見了，於是四處奔走遍找都找不著。而我百思不解而問起他，「此由於你的責任心十分重之故，並不是預兆什麼吉凶將發生」他解釋道。

「有晚又夢見天色矇矓中我獨自在不見人影的長路上趕路，而忽見遠方有一個人迎面趕來，當彼此擦身交會時，那陌生人迅雷不及掩耳地把一條大毒蛇掛在我的脖子上，把我嚇醒了」。

當我猶疑彷徨是否將這場離奇的夢請教他之際，他忽然問我，昨晚有沒做夢？於是我不再猶疑，乘機將這場夢詳細告訴了他。

「凡夢『毒』皆吉利，凡夢見一條毒蛇在行走，自己給毒蛇咬傷，別人給毒蛇咬傷，誤觸毒物，地上一堆毒物、毒液瀉滿地……有關毒的東西都算夢毒，凡夢毒皆吉利。」他解釋道。

這種說法頗似鄉裡所崇信的「夢是反的」─夢壞反是吉利，有人夢壞而憂愁，若按其說法則算是種杞憂。

這場夢正當在我四面楚歌，詭譎多端之際出現；但出乎想像；危機一一順利突破，安然度過一場災難，這場毒蛇夢可能就是在暗示我的一場災難將順利過關。

往後的日子裡，我每逢災難都有含毒的夢境出現，而每次都化險為夷。我每次都加以詳細觀察，都顯得應驗。

「凡毒皆吉利」的說法不太令人置信，但我們不能輕言迷信，因為夢境的形成都有許多外力因素而自然形成，彷彿一座畸形狀的山，其形成的過程也由於種種因素，並非魔術所化成的，如置身環境的種種，天地間的瑞氣、邪氣，自身的氣運……都會塑造夢境的內容形態，或許命運之神也會以夢境暗示吾人。

第五節　憶故居

　　我家老舊的故居已完全拆除而遷入新居，往後的日子裡，甚至十五年後的目前還時常夢起往日在故居的生活情景，夢起故居宛如時間倒流，其樂確實難以形容。

　　有次夢見上田裡幹活晚歸，回到家裡尚一片漆黑，燈全還沒有開而我便從廳堂的大燈開始開，然後廚房、臥房……，因十分黑暗心裡害怕，開燈時總是手足激烈顫慄著。

　　有次夢見正當我們要進午餐時鄰長登門收取清潔規費，我把清潔費繳付後鄰長便把名冊擺在圓形新購的餐桌上把我的名字上畫個收訖的鉤鉤……。

　　以上都是我還在故居生活時的其中幾項往事情景，經過十五年了，還偶而重現在夢裡，一旦重現真如時光倒流，往日的情景歷歷在目，我便浸沐其中重溫舊夢。

　　以上幾場夢境其實與生活事實總有此出入，以前的故居生活上田裡幹活晚歸是常事，回到家時燈都未開，家裡一片漆黑，我習慣先開廳堂前的大燈，因大燈一亮整個家院便光明了，然後始遞次進行開其他房間的燈，開燈時因黑暗伸手不見五指，故難免心生懼怕，但並不像夢裡的開燈過程—手腳激烈顫抖。夢裡的人們雖說萬能神通，但缺乏思考，故夢中的喜必瘋狂，夢裡的悲必傷心欲絕，夢裡的懼必驚被破膽……。

　　端午節前夕忙於包粽、粽子飄香、喜氣洋洋，我故居的有一

年顯得格外富有韻味—正逢稻子收穫，忙到初四下午始放下工作包粽，人人在廚房裡包粽，兒女們歡喜將有粽吃了而雀躍夢丈，都聚在廚房自動幫忙母親，外面則正下著滂沱大雨，景象淒美歡樂。這些情景都在夢裡重現，有如時間倒流，但夢境總比現實經驗的情景歡樂淒美。

　　準備進午餐時逢鄰長登門收取清潔規費，我即就地付費，鄰長也就地在餐桌擺名冊，打收訖鈎鈎；其實當時的餐桌乃是一張老舊的方形桌，夢中出現的卻是一張圓形桌，現實經驗的事物化成夢境的事物時多同類相取代或結合。雖故居生活時餐桌是方形老舊：新居生活時的餐桌圓而新的，但同類—同是餐桌，故夢中新居生活的圓形新餐桌取代了故居生活時的老舊方形餐桌。

第六節　憶軍旅生活

　　我年輕時曾當過兵，受過軍事訓練，而退伍已五十年了，但還時而夢起軍旅生活的點點滴滴。

　　有次集合遲到，受牛脾氣排長在全連兵員眾目睽睽下受到呵叱處罰，有次操後在休息時間中忽然緊急集合，而我們二三個還全然不知，還在好遠的地方悠然逍遙，而忽然發現附近不見一人始發覺情況有異，而怕得幾乎洩出尿。也做過好多次野外訓練下班回營時所見每個廚房的煙窗都正滾滾冒著石炭黑煙，整個營區瀰漫石炭煙味……最耐人尋味的夢。

　　當時軍中廚房全以石炭為燃料，每當野訓歸營時間正逢廚房忙

於炊事的時刻，整個營區都瀰漫石炭煙味，這些是當時軍中生活的特別景象，夢裡不但可見煙囪滾滾冒出石炭黑煙；還可聞刺鼻的石炭煙味呢。夢中營區的景物依舊，我們武裝荷槍排隊浩浩蕩蕩，所佩的刺刀，衣上的符號都清晰可見。

經過五十年了，還能夢起，而昔日景物還歷歷在目，甚至還能聞其刺鼻的石炭煙味……，人類心靈的奧秘真是難以想像，但若以夢理科學加以詮釋則為一種自然現象，不足為奇，因夢境的形成都有其成因和來龍去脈。

夢即意識常在我們睡眠時影像化……重現也，意識在我們心底裡歷久不滅，不但有形意識（山川草木、人物……具體事物）能影像化成夢，無形意識（聲音、香臭……之氣、食物滋味、冷熱……）也會重現成夢。夢中的營區廚房、煙囪、黑煙……即有形意識的影響化重現，其石炭煙味即無形意識的重現。

有形意識化為夢的原理在前面詳述過不另贅，至於無形意識，因它為無形抽象，在夢裡出現又不多，故讀者多缺乏無形意識重現成夢的概念，故若夢中人物會說話，其話又有些道理，或夢中聞花香……，或見吃東西而口中有苦、辣……味都會摸不著腦袋。

第七節　黃色烏鴉

天下烏鴉都是黑色的，我卻夢見過黃色烏鴉，當然夢中可能也有白色、紅色、青色……的烏鴉，可能也有白色、紅色、青色……的麻雀、白鶴……。

　　此並非說某一地方有個夢的世界，也不是說那裡居住著黃色烏鴉，也不是精怪化成的，而是我們心靈的鬼斧神工雕塑的，不足為怪。

　　吾人若目擊甲物或甲事甚至甲情……而在後目擊的乙物、乙事、丙物、丙事、乙情、丙情……都多少會受到甲物、甲事的影響、感染，甚至產生慣性，而至乙物、乙事、乙情……在吾人的心靈世界裡便有所變異，此現象在吾人清醒生活時都不自覺，但在夢中出現時，其變異現象便具體呈現了。同時甲物、甲事、甲情……也會受到乙事，乙物……影響。

　　譬如：目擊浩瀚藍色海洋，後又見一片遼闊草原，而所見其草原在夢中出現時，其綠色草原常以藍色呈現。同理若見飛機風馳電擎在空中呼嘯：後又見輛牛車在馬路上跚跚走過則牛車若在夢裡出現時常見牛車也像飛機一般─會在空中飛行。同理前感情的形態與過程在夢中常以後感情的形態與過程結合起來。

　　夢見一隻黃色烏鴉，經追蹤尋因，發現原來有一晚電視出現好一段一望無際的油菜花田景象，黃澄澄鮮艷奪目留下深刻印象，後仍在電視上看到攀在枝頭上的一隻烏鴉。

　　兩者本風馬牛不相及；但夢中兩者竟融為一體了，墨黑的烏鴉被油菜花染成黃色了。可見吾人的內心靈世界實宛如一座乾坤加工廠，不時都在一將吾人的所見、所聞……的事物加工製造新產品而展示於夢境中。

　　說也奇怪，吾人的感官在生活中哪有一刹那不與事物接觸？不與視物，物也會映進眼簾，連睡眠時觸覺也必須和床褥、空氣……

接觸，可見吾人接觸過的事物實多過恆河沙數，若按本節的闡述—
吾人接觸，經歷的事物在前者必影響在後者，後者也能影響前者。
若真的如此吾人的內心世界豈不是一片混沌麻亂連珠炮似地連鎖爆
炸不停的世界？其實不然，因強者出頭，弱者式微，故依然井然
有序。

吾人的所經歷的事物前者影響後者，後者影響前者的原理確實
在，只是有大小之分，有的影響微乎其微，不致對後者顯有變化的
跡象，事物不但前者影響後者等，連情緒、環境、天地間的莫名事
物……都會影響經歷事物（意識）而有所變化。

第八節　夢中的人物、景物

夢中常見陌生人物和景物……，而常令人以為那些是天人與
天外世界，其實它們都確確實實我們地球上的人物或景物……，都
是自己曾經看過，幹過……的人物、景物、事物……在睡時重現成
夢。

吾人睡時的心靈銳敏如神、鬼斧神工、萬能神通，能憶起五十
年前的鵝毛蒜皮小事而重現成夢，我們視若無睹、過眼雲煙，或極
微似乎不能感覺的感情，我們雖經歷過，但毫無留下印象的事物和
感情……仍然會在夢裡重現，睡時置身的環境有所風吹草動或氣候
有所變化，都有刺激睡時感官而做起夢或改變夢的形態。甚至自己
想像過的畫面也會重現夢中，而且連夢境也會引起我們夢中想像，
夢中的想像即是夢。睡時深藏心底而陌生的潛意識也會重現而可見
其廬山真面目……，我們舉不勝舉。

　　以上看似虛幻，但都不出於我們的所見、所聞、所幹……的現實事物，經我們睡時鬼斧神工的心靈的雕塑和釀造組合後多失去本來真面目。我們的經歷事物原貌和盤托出而成夢的並不多，大都經彼此互相影響，同類彼此結合，同性……彼此結合而成，茲詳述於下：

　　一、互相影響，如果我們看過圓圓的大西瓜後又見到某人的臉則當某人的臉在夢中出現時其臉常如西瓜一般地圓。我們若走過一條直的路而當日或近日又走條彎曲的路則若做起走路的夢則多為在走半彎半直的路。

　　二、同類結合，同性質、同形態的事物，如騎馬、騎牛、雞打架、鴨打架……都是同性質，雞蛋、鴨蛋也是同類同型。張家的腳踏車、李家的腳踏車。王家的龍眼樹、賴家的龍眼樹……都是同形態。同性質、同形態算是同類。同類的事物最易結合成一體，當在夢中出現時是個合成品，譬如：夢中的球賽畫面常為好幾次球賽的零碎部份合成的，而很少為單純某次球賽畫面。夢中的龍眼樹也很少是純碎張家的那棵龍眼樹，而常是張家、李家、王家……龍眼樹的各部份組成的，同類結合我們多不易看出來。

　　三、異類結合：異類的事物也常在夢中結合一起或連綴在一起的現象，譬如：連續在草原上看到水牛、犀牛……在吃草，偶而便有夢到牛頭犀身的怪獸正在草原上吃草的情形。也有吃飯的場面而忽然變成游泳的場面情形，宛如牛頭馬嘴，彿逆不自然。

　　夢中常出現陌生的人臉，令人以為空穴來風，甚至以為夢境世界也有人在居住，其實夢境裡的陌生人臉全是自己曾經目擊過的——有的在趕路中，有的在市場裡，有的在電視、電影、甚至書報

上……見過。雖然如走馬看花，如眼前雲煙，毫無留下絲毫印象；但我們睡時萬能的心靈卻能把它清晰地重現在夢裡。

第九節　情緒化夢

有許多人對夢大惑不解的是其夢境的喜情化喜夢、怒情化怒夢，哀情化哀夢……譬如，獲悉切身關係的親人大病好轉而喜不自勝，當這個喜情上床就寢時尚未完全消失則入睡時便做起童年時往河邊釣魚的歡樂情景，或做起考試得高分而和家人一起歡樂的情景，或見自己培養的花木花開滿樹……喜夢，它們看似與自己的生活毫無相關的事物；其實全是自己既往生活的事物，只因已經過時間久遠或事小毫無印象，或在化夢過程中同類結合……而我們認不出來罷了。

喜情化喜夢，怒情化怒夢……所化的夢境畫面雖然與睡時所懷情緒的事蹟大相逕庭，但性質則是同樣，例如上述獲悉切身關係的親人大病好轉歡喜情緒其化的夢卻是童年往河邊釣魚的歡樂情景……。但其事跡不同，情緒卻同樣—同是歡喜的情緒。

一般來說重大的情緒較易化夢，但也常有微不足道的情緒，甚至不感覺的極微情緒也會化夢，常常小得不能感覺的情緒衍化成一場大夢。最令人不解的是這些微不足道的情緒化成的夢境，因為極微而難以令我們想像，故見其夢境時總是摸不著腦袋。

情緒也有原來的面目在夢裡重現的現象，譬如：有人悄悄從自己背面忽然朝肩膀拍一下的一楞，而這小小情緒偶而也會令我們在

睡著，睡著時忽然一楞，再一楞的情形，此為情緒原貌重現也，短暫的情緒始有這種現象，其他各種情緒也有類此現象。

第 **5** 篇

問 答

一、

問：夢兩肩各荷一支竹，而訪友時深感不便是何成因？

答：夢見自己荷著二支竹竿四處遊，而想順道訪友深感不便而抱怨
　　連連的夢境，其成因可能夢者當天曾幹過某樁事而受到種種干
　　擾而產生抱怨情緒，而這個情緒當就寢時尚未完全消失，於是
　　入睡後便影像化成夢。

　　夢中荷著竹竿四處遊：其因是夢者以前必曾有過為某事而荷起
　　二支竹竿而深感礙事而產生抱怨情緒，而此情緒正恰如當晚睡
　　時的情緒類似。於是後者的往事便取而代之。別看小小情緒，
　　還是幾十年前的小情緒都它們能重現成夢。

二、

問：什麼是新生本能？

答：人在睡時萬籟俱寂，少受外界干擾，於是天賦本能便發揮到淋
　　漓盡致宛如神仙了，不但既有本能（清醒生活的本能）更為銳
　　敏犀利，還新生許多本能，例如：清醒生活時的感官不能感知
　　的事物睡時的感官能感知。夢中能憶起幾十年前的己忘得一乾
　　二淨的鵝毛蒜皮小事。各種新舊意識都能影響化成夢，夢中的
　　舉止都顯得高明睿智—清醒生活時木訥寡言以對的人在夢中則
　　變為能言善道，對答如流的人，此皆是吾人睡時本能加強和增
　　生的現象。

三、

問：睡時仍有想像？

答：大家都懂得人類具有想像這個心理本能，而且我們的生活中未

曾離開過它，但都以為只有在我們清醒生活的始有這個心理現象，殊不知吾人睡時亦有想像活動。

清醒生活時的想像在腦際裡常出現所想像的事物畫面，這個所想像的事物畫面偶而也會在睡時重現成夢。譬如：我們在白天（清醒生活時）想像起萬里長城，於是腦際裡出現萬里長城的畫面，而這個想像畫面常常在我們睡時重現而成夢。

但睡時的想像則直接成夢，不經變化過程，也沒有時間，空間所限，也就是睡時的想像即是夢。

譬如：夢中若邂逅唱歌為業的朋友則常見接著是他出現在舞台正在唱歌的夢境。夢中的舞台和他正在唱歌的畫面即夢中想像的畫面。

夢中想像化為夢境的現象宛如啞吧的手語；不經語言而以手勢直接表達，也是像物質昇華一樣不經過液體而直接化成氣體相似地。

四、

問：夢中亦有聯想？

答：吾人睡眠時並未失去或減弱聯想，這個心靈本能，反而變為銳敏犀利，且全是不假的事實─都是夢者所經歷過的所見、所聞、所感、所作─事實重現，其種類也和清醒生活時一樣並未減少：即分為類似聯想，接近聯想，關係聯想等。

譬如：夢見別人的孩子，便聯想起家裡的孩子，於是夢境便急轉變成家裡的孩子生活的畫面，若夢見村裡的大廟便聯想其廟前的大榕樹，夢境也就急轉為出現大榕樹的畫面。若夢見鈔票

便聯想起欠債等。

聯想化為夢境的過程也和想像一樣不用時間和空間，其變化沒留痕跡，直接昇華，宛如點石成金。

五、

問：什麼是天地間莫名事物？

答：天地間的事物，其種類和數量實無法形容，我們已知的事物可算不少了。但尚不知的事物還更多，我們不知其存在就好像世界上沒有那些東西，但它們都影響著吾人的生命與生活，細菌不是與地球之生俱來的嗎？但人類發現細菌是近代的事。

天地間的事物無論我們已知存在或未知其存在的事物都影響著我們的生活、生命、心靈……而我們多無所知覺，但我們睡時的感官則多能感應而因起睡時的心靈活動—睡時的心靈活動即是夢，許多千奇百怪的夢境即大部份由天地間莫名事物影響下而成形的。

六、

問：夢既自然現象為何又具預兆？

答：自然現象亦具預兆—天空出現一片深厚的烏雲不是預兆將下雨嗎？下了一陣大雨不是預兆河水漲滿，將出現新芽新綠嗎？每椿事態都預兆著某椿事態將發生，只是大小微顯之分罷了。

夢境也一樣，它是大自然的事物影響下而成形，算是自然現象，故和大自然的現象一樣具有預兆，只因過去我們不曉得夢境的形成乃是由於自然因素，故視夢為鬼怪般的超自然現象以為毫無意義；但卻相信夢境有的在預兆吉凶命運，其實前人的

相信並沒有錯，因人的禍福命運也是自然因素造成的，人在冥冥之中都有天地間的瑞氣、煞氣、運氣……在支配安排，可見有些夢境在預兆命運是可信的，只是我們無法精確判斷而失之千里罷了。

七、

問：既然夢是自然現象怎麼還說神仙託夢？

答：人在睡時幾乎成為萬能神仙了，不但本能發揮淋漓盡致，還新生不少本能─睡時的感官不但能感應微不足道的小事物在變動，甚至能感覺人類還不認識的天地間莫名事物，或許能通陰陽，而在夢裡和神仙打交道。

有些夢境顯得有生命，靈性、涵意，其結構鬼斧神工，絕非凡人所能做到的，且彷彿針對我們的切身大事有所指示似地。若非背後有第三者在編造排演則哪能如此契合我們的切身問題？

譬如：掌中戲，若非導演師傅在幕後撥弄戲偶則戲偶不過是個無生命的木頭，哪來生命感情？

不過神仙託夢並非常見，亦與一般夢境難以截然分別，故我們不能動輒以為神仙託夢而成為痴人說夢，只能作為參考而已。

八、

問：瑞氣、邪氣……怎麼樣？

答：喘氣、邪氣、人氣……都是天地間莫名事物之類，都是看不見摸不著，無味、無臭、它們都由人經驗得來的概念，並非人人相信，但從經驗看來似乎存在，因為看不見，故許多人總有存疑。

堪輿家則最為深信，他們解說，長在藏有祥瑞地氣上的萬物都欣欣向榮，尤其草木明顯地與其他有所差別，相對地長在邪氣地方的萬物都顯得衰微的景象。

他們還說，瑞氣……並非看不見，我們若當風和日麗時加以耐人靜觀則不難發現其中出現一片油煙般的氣體蒸蒸上升。談起「人氣」則更為奧妙，他們說人亦有人氣、有人氣的人自然惹人好感，無論做生意，職場上、社交上都一帆風順。

做夢亦然，我們若置身瑞氣瀰漫的地方則好夢連床反之則夜夜惡夢。

九、

問：我最不解的是夢中人物會講話，話也有意思，也能隨機應變。

答：夢中人物會說話別以為是靈異現象，而是純粹自然現象，是種無形意識—「聲」在夢中重現，都是既往自己看過，聽過人家在談話的聲音和景象偶而在夢中重現，或自己談話應對的技巧和經驗重現夢中的，我們不是曾看過，聽過菜攤買賣的場面和對話嗎？和各種無所不有的人際應對談話的聲音和景象嗎？這些經歷的聲音和景象都會成為我們的意識而伺機在夢中重現。

這個無形意識—「聲音」，多在與夢境情節相契合時重現，譬如：夢中偶而出現菜攤的景象和情節，於是與夢境情節契合的既往聽過的菜攤聲音便乘機重現，故夢中人物不但會說話，而話題與場面符合，且有談話技巧和機智。

夢者自己在夢中的談話應對也是從生活經驗中得來的，而當夢境偶而出現與它們契合的場面便乘機重現成夢，夢者在夢裡的

談話應對都較在清醒生活時顯得高明機智，木訥寡言的人或待人張口無言以對的人在夢中一變為口若懸河、對答如流。

夢中的對話也有出現牛頭馬嘴的，明明拿著的是請客吃糖菓卻對客人說：「我們喝酒吧！」的情形，此為給強勢的經驗事物橫加插隊的，而致話與事不相稱的情形。

吾人經歷的事物以新近的，或格外引人注意的在我們心靈裡最為強勢，強勢的經驗事物最易鵲巢鳩佔，把本在自然進行中的夢境一腳踢開而橫加篡佔而致夢境混亂不自然，意義也散亂了。

十、

問：怎麼知道睡時感官能感知天地間的事物變化和活動？

答：這個概念亦由於長期觀察夢境和經驗的結果，睡時的感官主要為皮膚觸覺、聽覺等。最常見且普遍的為在爽適的春風中小睡或涼爽氣清的臥室中熟睡則常好夢伴隨，反之則惡夢纏綿。睡時窗縫間不斷送進花香，而熟睡中的人們聞之心情舒暢，於是一夜好夢，若是窗外送進令人作嘔的腥臭氣則惡夢不輟。若熟睡中美妙的樂音不斷傳來則也令人做起好夢，反之則必見惡夢。

以上所指的是吾人睡時的感官能感知週邊天地間的事物而反映成夢的情形：但此不過是我們曾認識的事物的丁點之例而已，而我們未曾認識的天地間莫名事物還不知幾許，我們未認識它們就以為天地間沒有那些東西似地。

我們不認識那些莫名事物：但我們睡時感官卻能感知它們的活

動情形而反映成夢。由此可見夢境奧秘一斑。

十一、

問：為何睡時的心靈活動即是夢？

答：夢不過是種情緒、心像、心音、心味……組成的境界罷了，而以心像佔去大部份，可謂夢是心像，其餘的如：心音、心味、心氣……雖然夢境裡確實會出現。但寥若晨星，一個人在一生中所見不多。

　　心像在我們生活中凡思考，回憶、想像、聯想……時常常出現腦際，但若我們稍加留意則它便消失無蹤，神龍見首不見尾：但睡時凡想像、聯想、回憶……一切意識活動都始終心像想伴，也就是完全以心像符號示意，像放電影一般歷歷在目連續不斷，故睡的心靈活動即是夢。

　　睡時的心像即所謂的新生本能，因為吾人在清醒生活時沒具此心靈現象。

十二、

問：心味、心音、心氣、心光、心觸……成因和現象如何？

答：心味、心音……為無形意識而與有形意識—心像相對，其成因也是來自現實世界的日常生活，如：飲食、各種聲音、各種香臭氣、強光、誤觸酷冷和燙熱的器物……的經驗意識。以上的各種無形意識須在下列情形下始能有機會在夢裡重現，譬如：嚐吃到空前美味、或誤吃太辣、太苦、太酸……食物、藥物而受其刺激而留下深刻印象，或頌經聲、歌聲、讀書聲、噪音……的疲勞轟炸，或平地一聲巨響險些嚇破膽……，心情十

分平靜下聞及馥郁的花香，令人厭惡的腥臭氣。忽然刺目的強光照過來，誤觸熾燙的器物或冷冰冰的東西而有如驚弓之鳥……。

它們在夢中的現象為：若夢見吃糖則滿口甜味，若夢見吃藥則滿口苦味，甚至沒有夢見什麼而滿口甜味或苦味的，也有整夜歌聲，頌經聲繞耳不去的，或一陣巨響而從夢中驚醒的，也有忽聞一陣花香的。

其實口中並沒糖，沒有藥，也沒有歌聲、頌經聲、也沒有花香……，而全是心中自生的虛幻現象。

十三、

問：盪鞦韆運動後身體飄飄然的慣性怎麼會化成飛上天，遊天闕、晉見玉皇……夢？

答：凡我們連續做某種運動後常產生一種身體慣性雖然有的不甚明顯，或好像完全消失了，但在睡時常常發揚光大，化成一場精彩大夢。譬如：盪鞦韆，事後都能產生身體舒暢和飄飄欲仙的慣性，雖然有些不堪感覺：但睡時常發揚光大化成一場精彩大夢。

盪鞦韆的身體慣性多能化成羽化而飛上天的夢境，因為身體彷彿飛將起來的樣子。在我們清醒生活時，身體慣性都隨時間消逝，但睡時的心靈銳敏如神，雖是小小慣性也能激起心靈活動—睡時的心靈活動即是夢。

身體飄飄然的慣性在睡時自然產生飛上天……的意識，有了置身天空中的意識則浩瀚藍空，雲團……景象出現，這些景象

都是往日自己所見的天空景象,因有了置身天空中的意識而重現。

人置身浩瀚天際中觸目都是雲團和藍空……於是聯想起傳說中的天上宮闕—在睡時聯想即是夢,於是縹緲的雲端便出現金碧輝煌的瓊樓玉宇,一見了天上宮闕便喜不自勝,因一向嚮往天上世界的,於是情不自禁一躍闖進一睹天上宮闕的廬山真面,並晉見了玉皇,一睹祂的風采。以上漫遊天闕、晉見玉皇……畫面和景象都是夢者往日在電影、電視、書報上,或聽說故事所因起的想像的畫面和景象因夢中有了置身天上的意識而以物以類聚而重現的。

以上是盪鞦韆而身體產生飄飄欲仙的慣性而在睡時化為飛上天遊天闕的夢境的模擬模式,其他夢境的發展形成過程也如此模式一般大同小異。

十四、

問:夢既為自然形成,為何顯得有感情、智慧、和靈性?

答:所謂夢是自然形成就是說夢境並非魔幻,而全由事實演化而成的—事實就是情緒(感情),既往的所見、所聞、所幹……,和經驗智慧等意識,和置身環境的天地間已知的或莫名的事物,這些都是千真萬確的現實事物,一點不假,至於所謂的神仙託夢則似有似無,其說不可靠,就算它沒有好了。

夢境構成的素材雖是現實事物;但在各種情況的影響變幻下亦能做成奇形怪狀,有智慧、有靈性、有感情,甚至魔幻般的產物。

譬如：香蕉樹（包括一切動植物）的生長結果過程和情形最自
然不過了，其成長要素的水份、陽光、空氣、土地、肥料……
都是確確實實的大自然物質，為何它們的成長，結果過程有如
做魔術，且顯得有智慧、有感情、有靈性—它們的根群曉得尋
覓肥分、水分、身葉曉得朝陽光生長，曉得避寒趨暖、葉狀、
果實隨季節而改變形態和顏色，甚至風味都不同，可見大自然
不停地在變魔術。

十五、

問：小小不自覺的情緒亦能化夢？

答：睡時所懷的重大情緒多能化夢，小小情緒不但偶而化夢，甚至
滾雪球般演化成大夢。情緒可謂如影隨人，時時刻刻都有情緒
在身，可見人的情緒不但為數相當多，還林林總總，既然它能
化為夢，我們便不難想像它們在夢中的佔有率多高了。

但它們的化夢方式並不是喝酒唱歌的歡樂化為喝酒唱歌的夢
境，也不是受人侮辱發怒的情緒化為被人侮辱的夢，而是由同
性質，同形態的既往所見、所聞、所幹……經歷事物所取代。

譬如：睡時身體壓著一小顆硬物，肉體受其刺激而發生身情不
舒服，而人又在熟睡中，於是這個小情緒便開始化夢。但並不
是夢見自己的身體受一個硬物刺激，倒夢見好久以前因出外不
方便洗澡而致身體不舒服的心煩動作和景像。

以上所懷情緒的事物雖然彷彿與其所化的夢境相差一萬八千
里，但其性質與形態卻類似的—同是心煩，身體不舒服。

由此可見不少夢境是由情緒所化成的，我們若不曉其中道理

便誤為夢境是空穴來風，荒唐無稽，人類自古都未發現此
理。

十六、

問：意識模式怎麼樣子？

答：凡見過、聽過、幹過、觸摸過……的事物都成為我們的意識，
而每一項意識都有其模式，譬如初出世的嬰兒，出世時的剎那
其意識尚一片空白，經接觸空氣，接觸母手、吃乳……於是便
具有了空氣是怎樣、母手是怎樣、母乳是怎樣……意識。我們
看過了西瓜便具有西瓜的長相是「圓」的意識，騎過腳踏車便
具有了騎腳踏車的意識。

但每次所見的西瓜各個都不盡相同；有的色淡，有的呈長形，
有的大，有的小……此既意識模式。騎腳踏車也有跑過橋樑，
經過下坡路，有一天則半路拋錨……模式。每餐吃飯也各有模
式。甚至每天的生活也各有其模式：今天偕朋友旅遊，昨天上
班，前天上海邊釣魚……各有模式，同是天天例行的上學都有
各各模式—有一天途中遇大雨路面流水，有天看見路邊樹下有
個老人在休息，有天見小學生騎車不小心跌倒在路邊……，這
些都是天天上學的不同模式。

人的一天生活的所見、所聞、所幹……經歷事物實多如牛毛，
且每見一物、聞一聲，每幹一事……都成一個意識模式，可見
我們人生中意識模式其數實難以想像。

夢境多由既往經歷的意識模式重現而成，重現之際若沒受其他
事物干擾則多頭尾整套出現，因多為時間久遠的意識模式，故

夢者都是莫名其妙，以為空穴來風，殊不知它們乃是自己以往的所見、所聞、所幹，或想像過……的事跡。

意識模式當然有短有長，有的一閃既失，有的纏綿整夜；假使某次旅遊的模式重現成夢豈不是一部長篇的遊記？夢中或許我們還能再見那次旅遊過程中曾經映進眼簾的一草一木。

十七、

問：充滿靈性的夢境怎麼解？

有次我被鄉裡的惡霸摑掌侮辱深感羞恥無地自容，正感羞恥痛苦之際有晚夢見三隻大公雞被縛著腳排排倒吊在一支橫木上，而其中間一隻已斬去雞頭，長長的雞頸可憐地直垂著，我直覺上便以為一場不祥的夢，且以為是衝著我來的：由於我有三兄弟，且排行中間，正似我的寫照，且彼此都同是受難，如此充滿靈性的夢境怎樣始能獲得正確的解說。

答：這場夢確實充滿靈性，彷彿有天使在叮嚀或命運之神滿懷同情心在安慰夢者似地。其以三隻大公雞比喻夢者三兄弟，以雞頭被斬象徵夢者被人魚肉實神乎其技。

但我們並不能證實它是神異現象，因為自然形成的夢境也有深具靈性的，由於天地間有許多肉眼看不見的靈氣，而且人的內心世界也是萬物之靈，當吾人睡時它們彼此若渾然結合一起豈不孕育成神秘世界，甚至魍魎世界？

而且神異色彩的夢境，我們不易追蹤到其夢源和成因，更難以夢理加以詮釋。我們若逢此情形則無能為力了，只好求其次而以意會方式囫圇解之了—深入玩味夢境和臆測其所縕藏的玄

機，然後再與自己的地位，生活環境，當前的切身問題……比
對，而看看是否有某種可能性則就算該夢所暗示的事物了。

它們多能靈驗，只要我們判斷準確以後始能發覺夢境所預示的
事物是怎麼樣；但縱然靈驗實現也要經過好一段時間，並不是
朝發夕至，大事常在幾年後始能見證。

十八、

**問：我常見毫無主題，首尾前後的事物不相關連，宛如垃圾堆的夢
境：譬如初見是自己開車馳騁，接下則並不是車子已開到目的
地而是出現一片碧的大海和其中作業的漁筏，接下則是一脈青
山綿延至遙遠的天地接壤處：旋即變成我的友人舉杯：「我們
乾杯吧！」……前後不相關聯的事物。這樣不倫不類的夢境如
何解釋。**

答：這種夢的成因有的是夢者心情十分煩雜，或周遭環境的事物的
十分複雜所刺激而成。意識模式亦能做成如此看似不自然無邏
輯的夢境。意識模式有的小如微塵，有的大如遊記……，譬如
目擊一顆塵埃，一粒砂、眼前蒼繩劃過的影線，每邁前或退後
的各步腳……都是小小的意識模式。每一雙鞋、每個人臉、每
一個小小動作……都有甚不盡相同的意識模式，事物的意識模
式若在睡時重現成夢的過程中若沒受到其他事物的影響則多能
完整出現。

每一場球賽，每一天的生活，每餐吃飯，每一天的氣象……都
有其模式，而每一場球賽，可算是長而大的意識模式，長大的
意識模式亦能在睡時重現成夢。本節所提問的所謂無主題，無

相關的事物連綿一長串即大型意識模式的重現，只因經過的時間久遠都忘得一乾二淨了，若倏然倒流重溫則誰都完全陌生。

假使十年前某一日的生活模式重現，而我們一天的生活總是形形色色，大小數不清—如剛起床聽見隆隆悶雷聲，早飯後友人登門造訪，然後上市場購物而遇見同學，歸途塞車好一會，又看到一陣兒童在淺河裡摸魚……大小事物。有的有印象，有的毫無留下印象，這是那天的生活模式，它們若在睡時重現成夢則因經過的時已久遠而夢者都看不出那是自己經歷的往事，雖然我們的記憶裡完全消失。但睡時能把毫毛末節的陳年往事都能重現出來。

生活模式（意識模式）的重現多如白痴敘事一般凡所過目事物都不加剪裁而平舖直敘，故毫無主題，不知所云。此為生活模式重現的自然不變方式，難怪夢者不知所云。

十九、

問：怎麼說夢者分身能呼風喚雨，點石成金？

答：我們的本尊僵直在床上呼呼大睡，而分身則跑到天邊的夢境世界裡呼風喚雨宛若神仙，可謂夢境是分身所創造的—自己製造夢境而又被所製造的夢境支配和影響，宛如自己製造了水而反被水淹沒一般，夢境世界是這樣衍生出來的。

夢中的分身若想喝水便見一片山壁而有一口清泉汩汩如注擺在眼前，若飢餓想吃麵則立即出現麵攤，以為口袋裡有三千元鈔票而取出一看果然是三千元鈔票，以為自己當起了元帥則見戎裝上掛滿勳章，夢見老虎連忙返身逃命而老虎從背面緊

追而來的畫面是自己想像的。宛如點石成金，總之，有不少夢境是夢生夢衍生出來的，分身想什麼就出現什麼，分身慾什麼就出現什麼，分身以為什麼就出現什麼……此何異點石成金。

二十、

問：聯想、想像、回憶、思考、憧憬、嚮往、靈感……與意識如何差別？

答：其實、聯想、想像、回憶、思考、靈感、憶憬、嚮往、思戀……都是意識模式作用，只是其模式和過程不同罷了。

一、聯想

我們出外若看到人家的小孩便會想起家裡的小孩，看到一個戴白帽的陌生人便想起一個習慣戴白帽的友人，此為看到某種事物而想起同類事物的心理活動，由於我們早有家裡的孩子和戴白帽友人的意識模式，模式類似的事物極易聯想一起。聽到麻雀的嬉戲聲便想到在某地看到的麻雀嬉戲的情景，由於我們早具有了麻雀嬉戲吵鬧的意識模式，故一聽到麻雀的喜叫便想起與其類似的意識模式。

我們看到海洋便想起點點漁帆，由於以前我們曾看過海洋而海洋必見漁帆而具有了海洋有漁帆的意識模式。海洋與漁帆是貼在一起的，故一見海洋便想起最貼近的漁帆。

有人穿厚衣在田裡幹活，幹過一會便覺身熱而脫去厚衣，而回家時忘記帶回，厚衣也就一直棄置在田裡，回家後當天氣轉涼時，想添衣始想到衣服沒帶回，此為我們具有身涼時要

添衣的意識模式，因身涼與衣服有密切關係，故一覺身涼便
想到衣服。

二、想像

想像是聯想的連續而堆積起來的境界，雖然想像的境界看似玄
虛無稽，但其根源都是真材實料沒點虛假，亦為意識模式的作
用。也就是聽到某種消息或故事，看到某種事物……而情不自
禁而自然連續想起相關事物的心理活動現象。

譬如：聽到武松打虎故事便想起大老虎攻擊人，武松打虎的動
作，山野背景……想像世界，看到李四買回新車便想到李四
戴家人四處逛的景像……，這些景像看似虛幻；但都是以往所
見、所聞……的事實組合起來的，即是意識模式組合起來的。

三、回憶

我們所謂的「回憶」是指看到某事物，或聽到某種聲音或某種
消息……便想起既往與自己生活相關的事物，其實回憶亦即聯
想，所差的是見景而想起萬物都是聯想，回憶則僅限於與自己
生活相關的事物，這樣說來回憶，不過是種狹義的聯想，其根
源也是意識模式作用。

假使我們偶而看到一顆大石頭而想起河邊的一顆大石頭，此何
嚐不是回憶？何嚐不是看到同類而想及同類？只是我們習慣把
它們區別罷了。

四、思考：

由一件主題事物想到一件相關的事物，而再想及另一相關的事
物……而達到慾望的目的的心理活動即是思考，宛如跳石過

河，一顆跳到另一顆而達到彼岸一般。

其實也是由一事物想到另一事物的心理活動，也即是聯想，其根源也是意識模式作用，不過聯想是由聯想本能經見、聽、聞……而自然發生的，沒有外力推動、思考則由人推動而產生，而再推動進行而達到慾望的目的。聯想即自然發展沒有一定的目標。

「思考」雖然所根據的也是事實；但所得的慾望藍圖並不一定合乎實際。思考的過程中當然不免插進些聯想和想像的枝節，這些枝節常助思考的順暢，以達慾望藍圖的實現。

數學方面的心算是思考活動，假使出題問，三乘三等於多少則懂得「九九乘法」的人則立即聯想「三三得九」的意識模式而很快解答出來，否則須想像起三棵樹三組等以具體事物始能計算出來。

五、靈感

靈感的出現宛如閃電，來無影去無蹤，它是自然現象，無法人工強求，多在人們身處生死關頭等無計可施時忽然出現，或研究、設計……計劃時百思無法突破瓶頸而忽然腦際裡忽然出現一幅藍圖而問題迎刃而解，或生活中見景、見物、聽聲……也偶而會出現一陣靈感而激起創作、發明……雄心而帶上成功之路。它彷彿神來的禮物，因為它顯得十分神祕，法力無邊，人們不解，都以為是神蹟，不然百思無法突破的問題豈能閃電間豁然開悟，且事態一帆風順，無往不利，彷彿神仙在點醒我們一般。

其實它乃是不折不扣的聯想；因為人在苦思中無所不搜刮各種

有關的經驗，搜來搜去而便聯想及與問題關係極密切的潛意識，於是問題便豁然開朗、恍然大悟矣。

我們深藏在心底裡的潛意識實在難以勝數，但我們都懷寶而不識寶，對它們完全陌生：但都是我們的智慧泉源。

我們日常生活中凡見景、見物、聽聲……都可能見景生情地聯想及與其相關的潛意識、若想及與我們的慾望極其密切的潛意潛則立即迸出我們所需妙計。可見靈感確實是我們的平平凡凡的心靈活動沒有絲毫神秘。

六、幻想、嚮往、憧憬、思戀、理想……都離不開聯想的心理現象，當然也不離意識模式。

二一、

問：光怪陸離的夢境，其成因何在？

答：我們一天的生活忙碌奔波，為事業的發展而團團轉，其所見、所幹、所聞、所感……事物數也數不清，而百忙中對事物總是走馬看花，如過眼雲煙，所留下的不過是漫無主題的模糊印象。

奔波一天下來而當休息睡眠時心裡還樹欲靜而風不止、思潮還在洶湧澎湃─睡時的心靈活動即是夢，於是白天所見、所聞……經歷事物便歷歷出現─有銅、有鐵、有牛頭、有馬嘴、轉眼下大雨，接著又久違的故人來……葡萄藤結蘋果……甚至出現漫畫。

別誤為我們的心靈平庸愚笨，當我們睡眠而外界干擾減到極低時，我們天賦智能便發揮到了極限，而一變為萬能神仙─我們

視若無睹，聽若無聞……事物雖然沒留下絲毫印象，但睡時我們就有一種新生本能把彷彿未曾謀過面的親人等介紹給我們一般歷歷在目擺在眼前。

我們所見、所聞……的事物以新近的最為強勢，強勢的事物最易在睡時重現成夢，故夢境多由當日或近日的所見、所聞……事物重現而成，由於強者動輒逞強，凡事橫加插隊而至秩序大亂，不見章法，呈現光怪陸離。

二十二、

問：怪夢非無中生有？

答：所謂怪夢為其夢境的結構不自然而遠離現實，前後圓枘方鑿，毫無邏輯，顯得光怪陸離有如怪物。

李四曾做過一場夢，見一個警察從自己房內伸手要抓窗外的一個女賊，警察的手左出則她便閃右，警察的手右出則她便閃左，再也抓不到女賊，女賊還故意逗弄警察而取樂呢！

接著女賊竟大膽進房內猛推警察的胸膛道：「抓哇！你抓哇，有本事抓我哇……」警察則一退再退而不知後面有一口糞斗在，終被絆倒地，此時女賊竟一變為嚎啕大哭跪求警察，同時她的側胸也噴出一注男孩撒尿般的清水出來。

李四夢醒搖頭苦笑一陣道：「夢真是荒唐極了，我與女賊、警察、糞斗……何干？連夢中事物間彼此都不相干，且其結構也不自然，不合情理，人說日有所思夜有所夢，但我連想都沒想及它們。」

但他靜靜回憶起來發現自己與它們並非毫無相干，上午曾見一

位制服筆挺的年青警察在土地公祠前金爐散紙燒金，上午也曾提一口糞斗清除狗糞，晚間電視新聞也出現一位哭喪著臉的婦女向出巡官員跪求伸冤的畫面，也無意間看見一處山壁間射出一注男孩撒尿般的清泉。

可見夢境並非空穴來風，必然有其成因在，如上述李四所做的一場警察抓女賊……怪夢並非無風起浪，回憶起來他當日確曾見過警察，清過狗糞，跪求官員的婦女，撒尿的山壁。

至於僅見幾瑣事物竟演化成繪聲繪影，有血有淚的一場大夢又何原因呢—因為我們走馬看花，過眼雲煙等行而不覺的的事物和深藏心底的潛意識，所懷的情緒、思維、慾望，甚至天地間的莫名事物……都會在睡時的心靈世界裡連鎖反應，互相影響，彼此結合……而終至昇華，結晶而成夢，故夢中的情節、形態……都是合成品而非事物真面目，故它們多不自然，不現實，無情理、無邏輯，它們不怪也難了。

二十三、

問：我們如何看待夢？

答：人人都會做夢，夢如影隨人，自古至今人類對夢的神秘與奇妙都感到妙趣橫生；但對夢境是否有意義和預示作用則多保持著懷疑態度。

據筆者的耐心記錄，長期觀察研究的結果顯示夢境確實有其意義和預示作用，只因有的預兆徵乎其微，微小得連我們的肉眼和其他感官都無法感覺，有的則十分玄奧而達到人類智慧極限以外，縱然其結果排在我們眼前，我們也茫然不知那一回事。

由於可見我們確實懷著天下至寶而不自覺，不曉用，我們若懂得加以留意觀察研究則垃圾剎那變成黃金，令人惋惜過去的百萬年來人類實在暴殄天物。

有耕耘就有收穫，我們每夢就加以牢記，然後耐心觀察個人自己，社會百態、天下大事……變幻則日久便近山識鳥音地自然獲得許多心得，並產生許多名堂。

探夢也就等於探究我們的心靈世界，雖然都由外因的影響而引起做夢：但必須經過心靈加工製造，故探夢可發現和認識許多心靈現象。

夢境是天人合一的超自然神祕境界，我們若時常加以觀察、留意、牢記、玩味夢境則宛若置身其中，天人合一了，而且不需場所、成本、僅一念之一間便轉凡成聖─物質慾隨即淡化了，生活無處悠然，不成仙也成半仙了。

夢是造物者眼見自己塑造的人類在本能上還諸多缺失而滿懷歉意而加以補償的。因此我們應該對夢加以珍惜和厚愛。

國家圖書館出版品預行編目

夢探科學 / 張鏡湖著. -- 一版. -- 臺北市：

秀威資訊科技, 2007[民96]

面； 公分. --（哲學宗教類；PA0019）

ISBN 978-986-6909-90-0（平裝）

1.夢

857.7   95006627

 哲學宗教類　PA0019

夢探科學

作　　　者 / 張鏡湖
發 行 人 / 宋政坤
執 行 編 輯 / 賴敬暉
圖 文 排 版 / 陳湘陵
封 面 設 計 / 林世峰
數 位 轉 譯 / 徐真玉　沈裕閔
圖 書 銷 售 / 林怡君
法 律 顧 問 / 毛國樑　律師
出 版 印 製 / 秀威資訊科技股份有限公司
　　　　　　台北市內湖區瑞光路583巷25號1樓
　　　　　　電話：02-2657-9211　　傳真：02-2657-9106
　　　　　　E-mail：service@showwe.com.tw
經 銷 商 / 紅螞蟻圖書有限公司
　　　　　　台北市內湖區舊宗路二段121巷28、32號4樓
　　　　　　電話：02-2795-3656　　傳真：02-2795-4100
　　　　　　http://www.e-redant.com

2007 年 8 月　BOD 一版
定價：300元

讀 者 回 函 卡

感謝您購買本書，為提升服務品質，請填妥以下資料，將讀者回函卡直接寄
回或傳真本公司，收到您的寶貴意見後，我們會收藏記錄及檢討，謝謝！
如您需要了解本公司最新出版書目、購書優惠或企劃活動，歡迎您上網查詢
或下載相關資料：http:// www.showwe.com.tw

您購買的書名：_____

出生日期：_____年_____月_____日

學歷：□高中 (含) 以下　　□大專　　□研究所 (含) 以上

職業：□製造業　□金融業　□資訊業　□軍警　□傳播業　□自由業
　　　□服務業　□公務員　□教職　　□學生　□家管　　□其它____

購書地點：□網路書店　□實體書店　□書展　□郵購　□贈閱　□其他

您從何得知本書的消息？

　□網路書店　□實體書店　□網路搜尋　□電子報　□書訊　□雜誌

　□傳播媒體　□親友推薦　□網站推薦　□部落格　□其他_____

您對本書的評價：(請填代號　1.非常滿意　2.滿意　3.尚可　4.再改進)

　封面設計____　版面編排____　內容____　文／譯筆____　價格____

讀完書後您覺得：

　□很有收穫　□有收穫　□收穫不多　□沒收穫

對我們的建議：_____

_____

_____

_____

11466
台北市內湖區瑞光路 76 巷 65 號 1 樓

秀威資訊科技股份有限公司 　　收

BOD 數位出版事業部

....

（請沿線對折寄回，謝謝！）

姓　　名：＿＿＿＿＿＿＿　　年齡：＿＿＿＿　　性別：□女　□男

郵遞區號：□□□□□

地　　址：＿＿＿＿＿＿＿＿＿＿＿＿＿＿＿＿＿＿＿＿＿

聯絡電話：(日) ＿＿＿＿＿＿＿＿＿＿　(夜) ＿＿＿＿＿＿＿＿＿

E - m a i l：＿＿＿＿＿＿＿＿＿＿＿＿＿＿＿＿＿＿＿